권석균의 여행읽기

아이슬란드

권석균의 여행읽기
아이슬란드

초판 1쇄 발행 2024년 1월 23일

지은이. 권석균
펴낸이. 김태영

씽크스마트 책 짓는 집
경기도 고양시 덕양구 청초로66
덕은리버워크 지식산업센터 B-1403호
전화. 02-323-5609

홈페이지. www.tsbook.co.kr
블로그. blog.naver.com/ts0651
페이스북. @official.thinksmart
인스타그램. @thinksmart.official
이메일. thinksmart@kakao.com

ISBN 978-89-6529-397-2 (03810)
ⓒ 2024 권석균

•씽크스마트 - 더 큰 생각으로 통하는 길
'더 큰 생각으로 통하는 길' 위에서 삶의 지혜를 모아 '인문교양, 자기계발, 자녀교육, 어린이 교양·학습, 정치사회, 취미생활' 등 다양한 분야의 도서를 출간합니다. 바람직한 교육관을 세우고 나다움의 힘을 기르며, 세상에서 소외된 부분을 바라봅니다. 첫 원고부터 책의 완성까지 늘 시대를 읽는 기획으로 책을 만들어, 넓고 깊은 생각으로 세상을 살아갈 수 있는 힘을 드리고자 합니다.

•도서출판 큐 - 더 쓸모 있는 책을 만나다
도서출판 큐는 울퉁불퉁한 현실에서 만나는 다양한 질문과 고민에 답하고자 만든 실용교양 임프린트입니다. 새로운 작가와 독자를 개척하며, 변화하는 세상 속에서 책의 쓸모를 키워갑니다. 흥겹게 춤추듯 시대의 변화에 맞는 '더 쓸모 있는 책'을 만들겠습니다.

•천개의마을학교 - 대안적 삶과 교육을 지향하는 마을학교
당신은 지금 무엇을 배우고 싶나요? 살면서 나누고 배우고 익히는 취향과 경험을 팝니다. 〈천개의마을학교〉에서는 누구에게나 학습과 출판의 기회가 있습니다. 배운 것을 나누며 만들어진 결과물을 책으로 엮어 세상에 내놓습니다.

자신만의 생각이나 이야기를 펼치고 싶은 당신.
책으로 사람들에게 전하고 싶은 아이디어나 원고를 메일(thinksmart@kakao.com)로 보내주세요.
씽크스마트는 당신의 소중한 원고를 기다리고 있습니다.

권석균의 여행읽기

아이슬란드

권석균 지음

삶의 에너지가
채워지는 곳

씽크
스마트

본 저자는 경영학자이다. 이번에 첫 여행 에세이를 출간하게 되었다. 독자들께서 이 책이 읽어볼 만한 책인지 아닌지를 판단할 수 있도록 이 책의 특성과 기술방식을 설명할 필요가 있다. 여행작가가 아니고 딱딱한 학술논문과 전문서적, 대학교재 등을 쓰는 사람이기 때문이다.

첫째, 저널 형식으로 쓴 여행 에세이라는 점이다. 우선 매일 매일 쓴 글이다. 자연히 여행의 순간을 생생하게 현재형으로 기술하고 있다. 그리고 일기 쓸 때의 말투가 있다. 자신에게 말하는 독백 형식으로 저자의 진솔한 얘기와 생각들이 책 전편에 걸쳐있다. 여행 전에 저자는 지쳐있고 힘든 상태였다. 원치 않았던 사건들로 인하여 고통과 슬픔이 있었다. 그리고 이 저널 쓰기를 통해 저자는 조금씩 단단해졌다. 저널을 통한 치유의 자연스러운 과정이 이 책에 담겨있다. 여행의 힘이기도 하다.

둘째, 많은 매력적인 여행지에 대한 '기록과 체험'이 쓰여있다. 그러니 풍부하고 깊이가 있는 여행 정보가 있다고 말할 수 있다. 파리 14일간의 곳곳의 여행지 탐방, 스위스 9개 도시와 산악의 경험, 프랑스 전역의 28개 도시의 역사 문화 체험과 도시 간 이동의 스토리, 그리고 아이슬란드를 완주하며 거친 도시와 광야들에 대한 사실적 기록과 체험적 감상 등이 이 책에 담겨있다. 놀라움의 여행지들이 가득하다. 여행을 좋아하는 저자가 그간 수많은 세계 여행지를 다녔으나, 이번 여행지만큼 놀라운 경험은 처음이었다. 독자들에게 적극적으로 권유하고 싶은 여행지들이다.

셋째, 퇴임 후 여행기다. 저자는 30년간의 교수 생활을 마치고 지난 2월 말에 퇴임했다. 아직 학생들을 가르치기는 하지만, 전임교수가 아닌 명예교수로서 강의하고 있다. 하지만 학자로서의 퇴임은 아니다. 앞으로도 계속 학문적 저작을 할 것이며, 여행도 계속할 것이다. 인생이 계속되듯이 말이다. 내 나름의 다양한 경험의 인생을 살아오면서 배우고 깨달은 것을 통해 여행을 새롭게 보는 시선을 갖게 되었다. 이 시선으로 여행을 바라보며, 그 느낌을 기록하였다.

넷째, 이 여행은 이동(移動)의 시간 기록이다. 파리 체류 기간을 빼고는 거의 매일 이동하면서 새로운 여행지를 찾아다닌 59일간의 여정이었다. 여행의 참맛은 노마드 라이프(nomad life)에 있다. 고된 몸을 이끌고 새로움을 향한 전진이 여행자를 건강하게 한다. 이 여행의 59일간에 총 78만2천2백사십칠 걸음을, 하루 평균으로는 13258.4 걸음을 걸었다. 이동 거리로는 스위스 기차여행을 제외하고, 프랑스와 아이슬란드의 자동차여행으로만 6,200km 정도를 이동했다. 이러한 '이동의 스토리'가 여행 에세이의 중요한 부분을 차지한다. 이동의 경험이 어떠냐에 따라 여행의 깊이가 달라진다. 여행을 포인트로 찍는 '점의 여행'이 아닌 직접 이동하며 새 여행지를 찾아가는 '선의 여행'이 진짜 여행이라는 게 본 저자의 신념이기도 하다.

매일 강행군을 해가면서 저널을 쓰는 건 힘든 일이었다. 그래도 새벽에 깨어나 지난 하루를 기록하는 게 즐거웠다. 비스듬히 누워서 핸드폰 메모장에 저널을 쓰고 있노라면 지난 하루가 생생하게 되살아났다. 잠 부족으로 에너지가 떨어질 만했으나 이 특이한 경험이 에너지가 되어 내 정신을 더 맑게 깨어있게 해주었다. 이로써 여행이 더 깊어지고 풍부해졌다.

여행은 오감을 자극한다. 여행은 깨어있고 열려있는 시간과 공간이다. 내가 보고 싶은 것만 보는 게 아니다. 물론 모두가 보는 것만 따라가며 보는 것은 더더욱 아니다. 예기치 못한, 생각지 못한, 그리고 생각해낼 수 없었던 것들을 만나는 시간이다. 그리고 이를 통해 나의 과거를 찾아내는 것이기도 하다. 여행은 과거와 현재와 미래를 떠돌아다니며 나를 찾는 것이다. 여행은 어디든 돌아다니며 내 삶의 공간을 재구성하는 것이다.

이 여행을 통해 나는 지금에 있다.

여행하는 마음을 가지고 여행지를 떠올리면서 읽어보기를 독자들께 권한다. 여행을 찾고자 하는 독자들과 이 책을 통해 교감할 수 있기를 기대해본다. (본 여행을 시작하게 된 개인적 동기는 에필로그에서 여행 후 변한 내 모습과 함께 기술했다.)

저자 씀

아이슬란드

1부. 아이슬란드를 탐색하디

이번 아이슬란드 여행은 12박 13일의 여정이다. 미지의 세계 아이슬란드를 만날 생각을 하니 마음이 들뜬다. 열린 마음과 호기심으로 이 땅을 탐색하고자한다. 언제나 꿈꿨던 우리행성 지구와 다른 세상이 여기 있을지 궁금하다. 아니면 또 하나의 특이한 자연에 그칠지 모르겠다. 이제 내겐 초연함이 있으니, 그어느 것도 큰 즐거움을 주리라.

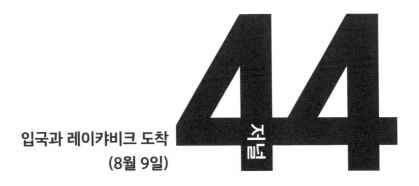

입국과 레이캬비크 도착
(8월 9일)

늦잠을 자고 아홉시에 일어나서 다소 늦게 아침 식당에 내려갔는데, 기분 좋은 일이 생겼다. 조식 관련으로 이 호텔의 매니저와 얘기를 나누다가, 우리 사정을 듣더니 아이슬란드 여행 기간동안 남기고 가야 하는 짐을 무료로 맡아 주겠다고 한다. 유료 신청으로 예약해두었던 내니백서비스가 바로 인근 가게인데 당신을 믿고 취소해도 되겠냐고 물으니, 그러라고 말한다. 조식 중에 유료서비스를 취소했다. 거의 마지막 시간의 취소였다. 비용으로 150유로를 아꼈고, 편리성도 커졌다.

즐거운 마음으로 11시반에 체크아웃을 하고서 큰 가방 짐 두 개를 호텔에 공짜로 맡기고 공항으로 출발했다. 고마운 마음에 매니저에게 10유로를 팁으로 건넸다. 호텔 옆에 공항택시 정류장이 있다고 안내까지 해준다. 그리고 공항택시는 55유로만 내면 된다고 다시금 확인해준다. 모든 일이 쉽게 풀려서 기분이 고양됐다. 아이슬란드 여행의 기대치가 높아졌다.

샤를드골(CDG) 공항에 일찍 도착해서 점심을 먹었다. 다시 좋은 일이 생겼다. 이코노미의 긴 줄에 오래 서 있다가 체크인 하는데, 담당 직원이 시간을 많이 쓰더니 비즈니스클래스로 업그레이드되었다고 한다. 오버부킹이 된 거 같다. 어쩔 수 없이 우리를 비즈니스석으로 몰아준 것이다. 오늘은 운이 아주 좋다. 아이슬란드 항공의 비행기가 깨끗하다. 비즈니스석 승무원이 무척 친절하다. 이어폰, 음식 등 좋은 서비스를 받았다.

비행기 창밖으로 보이는 프랑스 북부가 완전히 평평한 평야지다. 프랑스 밀의 주 생산지답다. 옆 나라 독일도 북부지역이 평평한 데 아마 토지가 덜 비옥하거나 추위로 작물이 다를 것으로 생각된다. 감자 등이 주요 작물이 아닐까 싶다. 나중에 확인해봐야겠다. 바다가 가까워지니 해안선이 자세히 보인다. 멋진 광경이다. 지리에 관심이 커진 아내가 뾰족하게 반도처럼 나온 해안선을 가리킨다. 처음에는 노르망디 서쪽 끝 돌출 부분이거나, 브르타뉴의 반도의 어딘가라고 생각했다. 알고 보니 칼레와 덩케르크 쪽 해안선이다. 아이슬란드 위치를 약간 더 서쪽으로 알았었다. 다시 보니 프랑스-영국-아이슬란드가 일직선으로 위치해서 있다. 날씨가 화창하고 구름이 없어서 바다와 육지가 다 잘 보인다.

조금 지나서 영국이 나타났다. 영국해협의 동쪽 부분을 건넜다. 지상이 선명하게 보이니 신기하다. 내려다보며 지도를 그릴 수 있다. 조금 더 지나서 런던 동쪽 템스강 하류의 만을 통과했다. 이제 완전히 영국 상공에 있다. 어려서부터 지도 보기를 좋아했었기에 즐거움이 컸다. 비행 항로를 따라 지도를 보다가 창밖을 보니 어느새 구름이 짙어졌다.

아이슬란드 가는 항로가 재밌었다. 아이슬란드를 흔히 '인생 여행지'라고도 일컫는데 이번 여행에 기대가 크다. 마라톤 여행의 마지막 도전이기도 하다. 케플랴비크 공항은 크지 않았다. EFTA 4개국이고 셍겐조약을 적용받는 나라라서 입국절차 없이 곧바로 입국하였다.

렌터카 회사 로터스 직원의 일 처리가 신속하다. 프랑스에서 렌터카 직원과는 확연히 다르다. 아이슬란드 사람들이 다 그런 건지 이 회사 직원들만 그런 건지 궁금하다. 지금 보기에는 이 나라 사람들의 전반적인 일 처리의 방식이 그러지 않을까 싶다. 노동 의욕이 높은 사람들이라고 들었다. 척박한 땅에서 살아온 민족이니 그럴 것이다. 반면에 프랑스는 상대적으로 풍요로운 곳이니 사람들이 느긋할 수 있겠다.

차를 몰고 나오니 아이슬란드 땅이 보인다. 흙으로 된 들판과 산이 특이하다. 평평한 땅 위에 드문드문 산이 있다. 거인들이나 북구의 트롤 요정이 공사하다 말고 쌓아놓은 자갈흙 더미 같다. 이곳이 다른 나라와 다름이 틀림없다.

레이캬비크에 도착했다. 아름다운 도시라고 들었으나 별로 그렇게 보이지 않는다. 건물이 멋지지 않다. 깨끗하게 지으려 했으나 다소 날림인 느낌이 든다. 프랑스에서 본 웅장하고 화려한 건축에 익숙해져서 그럴 수도 있겠다. 하긴 아이슬란드에 자연을 보러 온 것이지 도시를 보러 온 것은 아니다.

　이제 시작이다. 내일부터 아이슬란드 깊숙이 들어가 보면 곧 알게 되리라. 우선은 다소의 실망을 접어 두어야 한다. 여행 책자를 읽다 보니 하루의 피로가 밀려온다. 벌써 10시40분이다. 파리는 이미 자정이 넘은 시간이다.

오늘의 걷기: 6,484 걸음

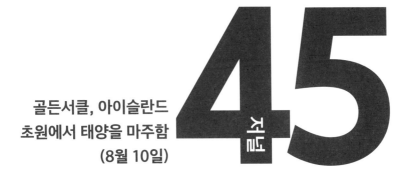

골든서클, 아이슬란드
초원에서 태양을 마주함
(8월 10일)

아침식사를 하러 7시반에 내려갔다. 직원들 말투가 투박하다. 이 나라 말이 그렇기도 하다. 어제 로투스 렌터카 회사에서는 모두 영어로 대화하느라 몰랐었다. 아이슬란드 항공의 비즈니스 클라스 승무원이 보여준 친절하고 자상한 표정과 말투가 일반적인 게 아니었다. 북유럽의 투박한 언어가 아이슬란드인의 표정에도 드러난다. 친절하게 말하려고 의도하는데 대체로 무표정하게 보인다. "Let us be part of your journey"라고 쓰여있던 공항 입국 문구가 떠오른다. 더 지켜봐야 하겠다.

아침 산책을 했다. 차를 옮기고서 시내 안쪽으로 걸었다. 거리가 이쁘게 조성되어 있다. 새로 지은 것처럼 깨끗한 건물이 선명한 색깔로 되어있다. 어제의 느낌과 다르다. 북구 특유의 디자인 풍의 건물이 여기 레이캬비크에 있다.

곧 출발할 시간이다. 아침 아홉시 이후에는 주차비를 받는다고 해서, 추가 시간만큼 주차비 사전정산을 하고 아내와 옷을 사러 가게에 들어갔다. 10시16분까지로 쓰여있는 티켓 쪽지를 운전석 위에 올려놓았다. 프랑스와 똑같은 방식이다. 길건너 가게로 가서 아내에게 필요한 운동복 형식의 두툼한 긴팔 셔츠를 샀다. 주차 시간이 걱정되어 내가 미리 나오고, 아내가 남아서 비용을 정산했다. 10시13분이다. 나와 보니 주차요원이 내 차를 기웃거리더니 다음 차로 가고 있다. 급히 가서 그에게 무슨 문제가 있냐고 물었다. 그가 웃으면서 오더니 차량번호 입력을 잘못했다고 한다. 우리 차의 번호판에 "BI 26 T99" 번호가 쓰여있는데 중앙의 노란 박스 안에 있는 26을 빼고 입력하라는 것이다. 이번에는 자기가 처리해주겠지만, 다음에 기계로 자동 처리될 때는 벌금을 물 수도 있으니 조심하라고 한다. 다소 이상한 시스템이지만 어쨌든 친절하게 얘기해주니 나쁘지 않다.

그런데 조금만 늦게 나왔으면 범칙금을 물렸을까? 철저하게 시간을 따져서 적용할지 궁금하다. 여하튼 다행이다. 한참을 기다려서야 아내가 나왔다. 이유인즉 카운터에서 계산하는 친구가 일 처리를 늦게 해서였다. 아내의 추정으로는 손을 떨며 느리게 계산하는 걸 보니 루게릭병이 있는 사람이라고 한다. 우리가 들어갔을 때 한국말로 인사를 나눈 쾌활한 친구인데 의식하지 못했다. 듣고 보니 마음이 짠하다.

이제 출발이다. 첫 관광지인 골든서클(Golden Circle)로 간다. 골든서클은 레이캬비크 인근 내륙에 있는 씽벨리어 국립공원, 간헐천 게이시르, 폭포인 굴포스 등 세 관광지를 묶어서 말한다. 시내를 벗어나니 아이슬란드 땅이 나타났다. 토양이 독특하다. 낮은 땅에 낀 이끼, 간혹 보이는 낮은 관목, 그리고 거무죽죽한 흙과 자갈 등이 사방에 있다. 황량한 느낌이지만 어제보다 초록색이 많이 보여서 약간 다르다.

회전교차로가 자주 나타난다. 프랑스와 달리 회전교차로가 크게 만들어져 있다. 땅이 넓고 버스까지 편히 다닐 수 있도록 크게 만든 거 같다. 여하튼 회전교차로는 편리하다. 우리나라에 도입이 시급하다고 다시 아내와 얘기를 나누며, 내륙으로 달렸다. 1번 노선을 타고 북쪽으로 잠시 가다가 36번 도로로 갈아탔다. 이 길로 쭉 가면 씽벨리어 국립공원이 나온다. 가는 길이 왕복 2차선인데, 생각보다 길 폭이 좁아서 조심해서 운전해야 했다. 아이슬란드 자연이 한눈에 들어온다. 낮은 지대에 펼쳐져 있는 이 땅의 모습이 독특하다. 앞으로 계속 바라보게 될 자연이다.

씽벨리어 국립공원(Thingvellir National Park)이 가까워지자 경치가 더 좋아진다. 관광 안내소가 나와서 주차하고 커피를 마셨다. 졸음 기운을 몰아내기 위해서다. 관광 포인트가 있는 주차장을 지나쳤다. 다시 되돌아서 주차장으로 갔다. 주차비가 750크로나로 체류 시간에 관련 없이 동일한 금액이다.

씽벨리어 호수가 광활하게 펼쳐져 있다. 전망대 아래쪽으로 알마나그야(Almannagjá) 협곡으로 가는 길이 있다. 협곡을 들어가면 화산암이 여러 모양으로 자세를 잡고 있다. 더 아래쪽으로 내려가면 평지가 나타나고 맑은 물이 흐르고 있다. 이곳은 초록의 풀과 푸르른 관목이 많다. 평화롭다. 예쁜 마을이 있는데, 놀랍게도 아이슬란드 대통령의 별

장이란다. 마을을 길게 돌아서 다시 올라오는 길에 작은 경기장 관중
석처럼 생긴 계단식 의자가 있고 바로 옆에 아이슬란드 국기가 걸려
있다. 이 작은 공간에서 아이슬란드 최초의 의회가 열렸다고 한다. 잘
상상이 안 되었지만, 워낙에 인구가 적고 분산되어서 그럴 수도 있겠
다 싶었다.

　천천히 산책하다 보니 꽤 시간이 걸렸다. 벌써 두 시가 넘었다. 방문
자센터에서 14.40크로나를 주고 샌드위치를 사서 간단히 먹었다. 시간
을 절약하기 위해서다. 허전해서 6크로나짜리 디저트를 샀는데, 너무
달아서 다시 커피를 추가로 샀다. 이래저래 비용이 올라간다.

　두시반쯤 출발해서 서둘러 간헐천 게이시르(Geysir)로 달려갔다. 간

[그림 45-1] <알마나그야 협곡>

헐천을 처음 인지한 것은 미국에서 유학하던 오래전 시절이다. 내가 살던 도시 미니애폴리스에서 서쪽으로 쭉 달려가면 만나는 옐로스톤 국립공원에 가보고 싶었지만, 여건이 허락지 않았다. 당시에 간헐천은 옐로스톤 국립공원의 상징이다. 워낙 광활한 미국 중서부(Midwest)라서 고속도로로 16시간 정도면 도달할 수 있다는 것은 매력적인 조건이었다. 여행을 좋아하는 나로서 더욱 그러했다. 그렇지만 가난했던 유학 시절이어서 그 희망은 희망으로만 남게 되었다. 이제 35년 만에 간헐천을 볼 수 있게 되어서 기대와 설렘이 있다.

365번 드라이브 길에서 아이슬란드의 독특한 풍광을 보며 자동차 여행의 즐거움을 만끽했다. 나이가 젊은 땅의 화산작용과 북쪽 지방의 추운 날씨가 조합되어 만들어낸 이 풍광은 지구상 어디에서도 찾아볼 수 없는 외계적인(alien, extraterrestrial) 모습을 보여준다. 나이든 늙은 땅의 호주와 잘 대비된다. 그리고 산악이 만들어내는 스위스의 풍광과도 잘 대비된다.

유사함으로 보면 스코틀랜드와 몽골이 비슷하겠다. 구릉과 평지의 모습이 스코틀랜드의 하이랜드처럼 생겼다. 이끼가 아닌 풀과 관목의 하이랜드는 이곳보다 더 현실적이다. 아이슬란드보다 더 남쪽이어서 진한 초록과 진한 갈색의 땅이다. 아이슬란드는 한여름임에도 불구하고 연한 초록을 담고 있다. 몽골과 유사한 초록색의 평원과 구릉이다. 그러나 아이슬란드는 물의 나라다. 강이 많고 바다가 가까이 있는 섬이어서 토양과 기후가 완전히 다르다. 아이슬란드는 년교차가 작은데 비해서 유라시아 대륙의 동쪽 끝에 있는 몽골은 년교차가 극심하다. 당연히 초목의 시한부가 다르다. 그래서 목축의 조건이 달라진다.

어디에도 없는 자연을 통과하면서 어느덧 게이시르에 도착했다. 벌써 세시반이다. 서둘러 간헐천으로 갔다. 기대했던 거보다는 분출의 힘이 약했다. 20미터 정도 솟구치는 거 같다. 그렇지만 수십년간, 수백년간 매일매일 몇 분마다 솟구쳐 오르는 게 신기하다. 서 있는 방향을 잘못 잡아서 분출되는 분화수를 흠뻑 맞았다. 뜨겁지 않고 따뜻해서 데이진 않았다. 기분이 나쁘지 않다.

[그림 45-2] <게이시르 간헐천>

다음은 골든서클의 폭포인 굴포스(Gulfoss)로 향했다. 가깝게 있어서 금방 당도했다. 시원한 폭포 소리가 우리를 반겨준다. 아래에서부터 폭포에 가까이 접근하며 이동 지점에 따라 달리 보이는 폭포의 멋진 모습을 보고 찍고 하였다. 폭포가 크지는 않지만 가까이 다가가서 볼 수 있어서 좋았다. 시원한 아이슬란드 여름 날씨와 어우러져 우리 모두 시원한 기분이 된다. 떨어지는 물길에 의한 물보라가 무지개를 만든다. 오후의 햇빛과 무지개를 배경으로 아내와 사진을 찍고 즐겁게 구경했다. 마침 옆에 있는 한국인 부부와 소통이 되어서, 서로 교대로 사진을 찍어주었다. 여자분이 씩씩하다.

이로써 골든서클의 세 군데 관광을 모두 마쳤다. 여름 막바지의 서

[그림 45-3] <아름다운 풍광의 굴포스> 폭포와 더불어 주위 평원 또한 아름답다.

늘함 속에 아이슬란드의 기초 관광지를 즐겁게 경험했다.

굴포스에서 5시20분에 출발해서 한 시간 드라이브 후에 게리드 분화구(Kerid Crater)에 도착했다. 주차장에서 무례함을 겪었다. 주차장 빈 슬롯에 막 들어가려는 데, 장년의 한국 남자 두 명이 뛰어와서 자리를 차지하고 멀리 있는 봉고차를 손짓으로 부른다. "여기 자리 있어"라고 우리말로 소리친다. 이 주차장에 막 빈 자리다. 주차하려고 바로 앞에서 대기하고 있는 우리를 못 본체한다. 어이없지만 그냥 넘어가기로 했다. 조금 더 있다가 다른 주차공간이 나와서 주차를 했다. 인당 450 크로나의 입장료가 있다.

게리드 분화구에 타원형의 분화호수가 있는데 물이 깨끗하고 투명하다. 호수를 빙 둘러싸고 있는 경사면에는 짙붉은 흙과 초록색의 이

[그림 45-4] <게리드 분화구>

끼가 어우러져 있다. 푸른색의 호수와 아주 잘 어울린다. 분화구 능선을 타고 높은 쪽으로 올라갔다. 능선 위의 붉은 땅을 밟고 올라갔다. 주변에 제주 오름과 같은 작은 산들이 있다. 놀랍게도 꽤 키가 큰 초록색 나무도 있고 주변에 연초록의 이끼가 산재해있다. 제주도의 풍경 같다. 사람들이 여기저기 산책하고 있다. 하이킹하는 사람들도 자연스레 자연 속 일부가 되어있다. 분화구의 호수와 능선과 그리고 주변의 산이 아름다운 풍경을 만들어주고 있다.

떠나려다가 아쉬움에 분화구 아래 호수까지 내려가 봤다. 위에서 본 것과 같이 호수가 정말 맑고 깨끗하다. 조약돌을 던져보니 잔잔한 물결이 이는데, 마음을 살며시 흔든다. 평화로운 순간이다. 아내와 서로 사진을 찍어주고서 즐겁게 대화하며 잠시 머물렀다. 시간이 잠시 멈춘 듯하다. 언제 이 분화구가 만들어진 걸까. 그 긴 시간이 우리에게 느껴졌다.

일곱시에 출발하여 숙소로 향했다. 35번 도로를 타고 남쪽으로 향했다. 누군가 깎아낸 듯이 가파른 높고 긴 산이 보인다. 빙하가 훑고 지나간 것 같다. 북유럽 노르웨이의 산과 같다. 남부 거점도시 셀포스 시내를 통과해서 1번 링로드 도로로 갈아타고 동쪽으로 가다가 다시 304번으로 빠져서 남쪽으로 달렸다. 마지막에는 비포장도로까지 달려서 오늘의 숙소인 1A 게스트하우스에 도착했다. 한마디로 시골이다. 게스트룸이 두 개밖에 없는 작은 숙박지이고 안방에는 주인이 산다. 세상에서 동떨어진 곳이다. 의외의 적막함에 내 기분은 오히려 들떴다. 사방이 광활한 대지이면서, 주민들이 사는 집이 아주 멀리 드문드문 보인다. 주인이 친절하게 맞아주며 기본적인 설명을 해주고 자기 방으로 들어갔다. 방이 작지만 깨끗하다. 소박한 신혼방 같다. 창문으로 보는 바깥 풍경이 피에르 보나르의 창문밖 그림과 같다. 이곳에는 푸른 목초지가 있다. 드문드문 키가 꽤 큰 나무도 보인다. 목초지는 늦여름이 되어서 갈색이 되어가고 있다. 멋지고 아름답다.

여덟시다. 해가 뉘엿뉘엿 넘고 있다. 산책을 나섰다. 와! 아이슬란드가 여기 있다. 지평선에 끝닿을 만큼 광활한 목초지에 한두 개 점으로 보이는 양들이 얼핏 눈에 보인다. 어디선가 나타난 동네 꼬마 둘이서 자전거를 타고 지나가면서 자기들끼리 뭐라 떠든다. 쌩하고 지나갔다. 다시 정적이다. 이 넓은 땅에 나 혼자 있다. 사방에 펼쳐진 초원과 먼 데 보이는 초록의 산들이 내게 뭐라 말하고 있다.

다시금 내 인생을 이 자연의 모습에 투영시켜 본다. 석양의 순간, 직

[그림 45-5] <석양의 목초지> 태양을 마주하며 자연의 숨소리를 들었다.

접 마주 볼 수 있을 만큼의 빛을 담은 태양을 정면으로 대하고 있으니 가슴이 벅차오른다. 아름답고 위대한 태양이 내게 친근한 모습으로 다가와 있다. 주위의 풀들이 바람에 흔들리며 석양을 받는 모습이 신비롭게 보인다. 바람 소리에 귀 기울여 봤다. 풀들이 서로 부딪히며 내는 마찰음에 바람이 얹혀서 자기 소리를 내고 있다. 잘 들린다.

　나는 짧은 인생을 살다 떠나겠지만, 이 땅은 100년후, 200년후에도 이 모습으로 남으리라. 지구가 절단나지 않는 한 그러할 것이다. 나는 기쁘게 떠날 수 있어야 한다. 이 아름다운 자연은 누군가에게 계속 자리를 내주어야 한다. 그렇게 내게 말하고 나니 기분이 좋아졌다. 마음이 넓어졌다. 지나친 걱정이 사라졌다.

　그 자리에 한참 서 있었다. 아내가 방 정리를 마치고 따라 나왔다. 함께 걸었다. 어릴 적 신작로가 생각났다. 그러나 길 주위는 고향 시골과 판이하게 다른 모습이다. 생소하고 드넓다.

많이 걷고 구경하고 즐겁게 보낸 하루였다. 아이슬란드에 깊숙이
들어왔다.

오늘의 걷기: 18,189 걸음

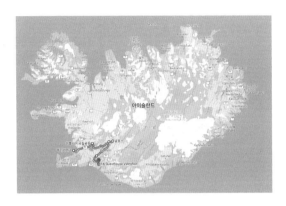

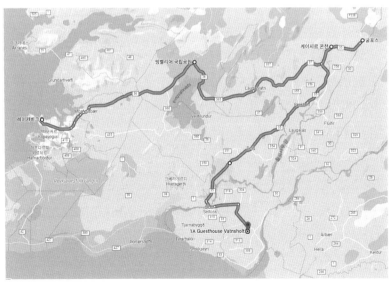

46

저녁

남부 링로드의
폭포(foss)와 해안의 비경
(8월 11일)

아침에 비가 내린다. 걱정되었는데 곧 그쳤다. 이 곳의 날씨가 그렇다. 일찍 조식을 먹으러 숙소 주인이 어제 알려준 대로 인근에 있는 바트나홀트호텔로 차를 몰고 갔다. 조식은 인당 2500크로나(ISK), 즉 2만 5천원 정도이다. 들어가 보니 압도적으로 북유럽사람들이 많다. 뷔페 방식인데 음식 종류가 몇 개 없다. 간이 셀프서비스라고 하는 게 더 맞겠다. 그래도 체력 보충을 위해 많이 먹었다.

숙소로 돌아와서 아침 산책을 나섰다. 어제부터 혼자 하는 아침 산책을 아내에게 허가(^^)받았다. 9시40분이다. 말들이 드러누웠다. 평화로운 풍경이다. 말이 누운 장면을 본 적이 없는 거 같은데 여기서는 자주 본다. 아이슬란드 토종말의 역사를 공부한 아내의 설명에 따르면 이 섬에서 독립적으로 살다 보니 온순하고 자유롭단다. 세계적으로

[그림 46-1] <평화로운 아침, 드러누운 말들>

혈통의 순수함이 가장 큰 종이라고 한다. 아이슬란드 정부에서 토종 말을 보호하기 위해 수출은 하더라도 다시 돌아올 수 없고, 다른 종의 말은 일체 유입이 안 된다. 아내가 많이 연구했다. 어쨌든 이들이 행복하게 보인다. 내 마음도 푸근해진다.

문득 풀들이 저녁바람과 아침바람의 차이를 알까 궁금했다. 아침 바람의 상쾌함을 잘 아는 듯이 보인다. 조금 다르게 흔들린다. 노란 들꽃이 들판에 넓게 피어있다. 아침 풍경이다.

조금 전에 식당에서 봤던 북유럽인 단체 여행객을 실은 대형 캠핑 카 두 대가 떠나간다. 지나가는 첫차를 그냥 보냈으나 둘째 차에 손을 흔들었더니 답례로 손을 흔든다. 짧은 인사가 스쳐 지나갔다. 그들이 즐거운 하루를 보내기를 바란다.

아침 바람을 맞으며 비포장도로 끝에 다다랐다. 20여 미터를 남기고 돌아섰다. 너무 멀리 왔다. 숙소가 까마득하다. 갑자기 아내가 걱정되어 돌아섰다. 잰걸음으로 돌아오니 15분 만에 게스트하우스 근처까지 왔다. 이제 안심이 된다.

어디선가 고양이가 나타났다. 잘생긴 녀석이다. 아마 주인아주머니가 어제 말해주었던 이곳을 배회하는 고양이 두 마리 중 하나일 것이다. 내게 자꾸 엉기려 하며 몸을 부벼댄다. 강아지처럼 안아달라는 듯이 킁킁거린다. 고양이가 이러는 것은 처음 본다. 외로운가 보다. 혹시 벼룩이라도 옮을까 봐 안아주진 못했다. 야생이라서 그럴 가능성이 있다. 내게 엉기고 부비는 모습을 동영상으로 찍어서 나중에 아내에게 보여주었다.

짐을 싸고 11시11분에 출발했다. 나오는데 목장의 말들이 가까이 다가와 있다. 동영상으로 찍었다. 아침 산책 중인 말들과 헤어지고서 동북쪽으로 비포장도로를 계속 달렸다. 비가 뿌리기 시작한다. 길 오른쪽에 강이 흐른다. 혹시 도강해야만 하는 것이 아닐까 걱정하기도 했다. 아무도 없는 길에 검은 흙과 자갈만 보면서 계속 달리니 고립감으로 겁이 나기도 했다. 주위 사방에는 낮은 높이의 풀만 보인다. 옆에 큰 강이 있으니 그나마 다행이었다.

계속 가다 보니 유리다포스(Urriðafoss)라는 간판이 눈에 보인다. 옆길로 빠져서 들어가니 알려지지 않은 폭포가 눈앞에 있다. 폭포가 높지는 않으나 넓고 유속도 빠르다. 폭포 전망이 시원하다. 살짝 뿌리는 빗줄기와 폭포의 물보라가 잘 어울려서 멋진 풍광을 만들어낸다. 기대치 못했던 즐거움이었다. 이 땅 곳곳에 이런 장면이 있으리라.

곧 1번 도로를 만났다. 남부 링로드가 본격 시작이다. 이제 마음 놓고 달리면 된다. 시시각각 다른 모습의 아이슬란드를 달렸다. 경유지 헬라(Hella)에서 주유소 N1으로 가서 주유했다. 첫 주유라서 다소 헷갈렸으나 잘 해냈다. 이곳 젊은 직원들이 친절하다. 3명 모두 그렇다. 그런데 우리 렌터카가 알고 보니 하이브리드 자동차다. 이제야 알았다. 기름값을 절감할 수 있다니 기분 좋다.

오늘의 첫 목적지인 셀야란즈포스(Seljalandsfoss)에 도착했다. 포스(foss)란 폭포라는 뜻이다. 셀야란즈 폭포는 장대하진 않으나 높고 크고 멋지다. 높은 위쪽에서 아래쪽 평지로 떨어지는 폭포다. 가까이 다가가니 물보라가 엄청나다. 폭포 안쪽으로 약간 올라가서 절벽이 있는 뒤로 돌아가며 물보라를 맞으면서 구경하게 되어있다. 사람들이 너도나도 모자를 뒤집어쓰고 올라간다. 우리도 미끄러지지 않게 조심하면서 올라가 뒤쪽으로 돌아갔다. 떨어지는 물이 하얀 드레이프처럼 공기 중에 펼쳐져 있다. 반투명의 천 사이로 보이는 바깥세상이 먼 나라 같다. 이백의 '별유천지비인간'이다. 드레이프처럼 떨어뜨려 있는 폭포의 장막을 바라보고 있으니 마음이 설렌다. 우리가 세상으로부터 숨겨져서 자유로워진 기분이다. 아내를 그 속에 서게 하니 그녀가 별천지에 있는 거 같다. 나도 들어갔다. 서로 사진을 찍어주고 앵글 속에 있는 모습에 신기해하며 즐거워했다.

내려와서 옆길로 긴 산책로가 있다. 꽤 많은 사람이 먼 데까지 산책하러 가고 있다. 이곳의 경치가 아름다워서다. 보기 좋다. 우리는 다음

[그림 46-2] <셀야란즈포스>

[그림 46-3] <셀야란즈포스의 하얀 장막>

장소로 이동하기로 했다. 다음 목적지는 스코가포스(Skógafoss)다. 누구나 따라가는 코스다. 가는 길의 주변 풍경이 어디에 비길 데가 없이 아름답다.

　스코가포스에 이르렀다. 안정된 모습의 큰 폭포다. 한국인이라면 서귀포의 정방폭포를 떠올릴 모양을 갖고 있다. 높이도 높고 폭도 넓은 정통의 장대한 폭포다. 그래서 잘생겼지만 어딘지 다소 밋밋한 느낌이 들기도 한다. 가까이 가서 사진을 찍었다. 사람들의 표정에 셀야란즈포스에서 만큼 즐거움이 가득해 보이지는 않는다. 그래도 즐겁다. 자연의 아름다움 앞에 어찌 태연할 수 있으랴. 아내와 서로 롱샷으로 폭포 전체를 담아서 사진을 찍어주었다. 심심함을 느낀 내가 점프를 해보았다. 아내가 애쓴 끝에 한 장 건졌다. 보니 웃긴다. 이 나이에 젊은이처럼 뛰었다.

[그림 46-4] <스코가포스>

[그림 46-5] <스코가포스 앞에서>

폭포 위쪽으로 올라가게 되어있어서 고민 끝에 가보기로 했다. 아
내가 가위바위보를 제안했는데, 결국 합의로 올라가 보기로 했다. 오
늘 일정에 여유가 있어서다. 사람들을 따라 계단을 올라가니 그리 힘
들지는 않다. 꽤 높은데도 어렵지 않다. 건강해졌다. 위에 올라가서 내
려다보는 폭포의 풍경이 위쪽 일부만 보여서 약간 아쉬웠다. 오히려
폭포 위쪽에 있는 강과 산이 보기에 좋다. 초록의 완만한 산들이 잔잔
한 즐거움을 준다. 스코가포스로 떨어지는 물길(강) 옆으로 트레킹 할
수 있는 길이 나 있다. 몇몇 사람들이 걸어 올라가길래 우리도 올라
갔다. 조금 가다보니 낮은 높이의 폭포가 나타났다. 헤스타바드포스
(Hestavaðsfoss)라는 안내판이 있다. 나름 이쁜 폭포다. 소소한 즐거움이

다. 몇몇 젊은이들이 아래쪽으로 내려가 폭포 옆에서 '멍때리기' 하듯이 서 있거나 앉아있다. 우리도 내려가 볼까 하다가 이후 일정 지체를 염려하여 단념했다.

디르홀레이(Dyrhólaey)라는 곳으로 향했다. 남부 링로드의 검은 모래 비치로 가는 도중에 있다. 원래 계획에 없던 곳인데, 여행책자를 보다가 들리기로 했다. 1번도로를 달리다가 218번 도로로 빠져서 바닷가 쪽으로 달렸다. 도로 주변 풍광이 심상치 않다. 마지막 도로가 산 위로 올라간다. 마침 아내가 운전하고 있었는데 무섭게 가파른 경사와 급격한 회전각도로 된 좁은 2차선 길이었다. 옆에서 격려해주며 용기를 내게 했다. 사실 운전실력이 나보다 더 뛰어난 아내에게 이때 필요한 건 용기뿐이다. 아내가 일시적으로 담력을 끌어올려 꼭대기까지 잘 운전해 올라갔다.

주차장에서부터 이미 바닷바람이 엄청나게 세다. 자동차 문을 열기 힘들다. 단단히 무장하고 나섰다. 몸이 흔들린다. 밀려오는 무서움을 밀어내고 투지와 모험심으로 채우니 절벽 밑으로 내려다보는 경관이 시야에 들어온다. 놀랍도록 멋지다. 끝없이 이어지는 해안선에 파도 물결이 하얗게 그려져 있다. 바다쪽 그리고 육지쪽 모두가 멋지게 갈라져 있다. 광대한 바다와 비현실적으로 산과 평원의 조합을 잘 갖춘 육지가 대조를 이룬다. 정상은 평평하게 되어있다. 그리고 바다 쪽으로 등대가 있다. 거센 바람을 뚫고 바다 쪽으로 가보니 큰 코끼리 바위가 내려다보인다. 뒤쪽에 아기코끼리 바위도 있다. 재밌는 구도다. 내가 본 여러 바다바위가 떠오른다. 쿠르베와 모네의 에트르타 절벽의 코끼리 바위가 먼저 떠오른다. 그 너머에는 울릉도의 코끼리 바위도

[그림 46-6] <디르홀레이에서 내려본 바닷가 풍경>

[그림 46-7] <디르홀레이에서 본 코끼리바위>

있다.

정상에서 아래쪽으로 경사진 길이 있다. 경계 표식의 문을 열고 내려가 보았다. 바람이 세서 앞에 가는 아내의 몸이 흔들거린다. 다른 사람들도 몸을 앞으로 숙이고 바람에 저항하며 천천히 앞으로 가고 있다. 진즉에 아내의 동영상 손잡이에 장착된 핸드폰은 내가 갖고 있다. 아내와 사람들의 흔들리며 걷는 뒷모습을 담았다. 나도 몸을 앞으로 숙이며 아내에게 다가가서 함께 걸었다. 즐거움이 두 배가 된다. 최종 경계 표시가 있는 데서 발길을 돌렸다. 돌아오는 길에서는 몸을 뒤로 버티고 걸었다. 그래도 상대적으로 덜 힘들다. 경험해본 것이기에 몸이 대비하는 능력을 키웠다. 뒷바람이 편한 점도 있었을 것이다. 즐겁고 신나고 신기했다. 대자연의 힘을 체험했다. 내 인생에 다시 겪어보지 못할 만한 경험이었다.

일명 검은 모래 비치(Black Sand Beach)라고 하는 레이니스피야라(Reynisfjara) 해변으로 가는 길이 또 멋지고 아름답다. 짧은 거리였지만 드라이브의 즐거움을 만끽했다. 도착 후에 곧바로 아주 늦은 점심을 먹었다. 이미 오후 5시반이다. 레스토랑에서 크로아상 샌드위치 2개, 디저트 1개, 그리고 오렌지주스를 샀다. 허기졌던 탓에 재빨리 맛있게 먹어치웠다. 디저트를 잘못 샀다. 럼주가 들어간 거라서 맛이 이상하다. 그리고 너무 달다. 별수 없이 커피를 주문해서 같이 먹었다. 그래도 비용과 시간을 절감했다.

비치에서 신나게 놀았다. 아이슬란드에서 처음 만나는 해변이다. 바닷바람이 거세다. 그렇지만 디르홀레이에서의 바람에 비할 수는 없

[그림 46-8] <디르홀레이에서 검은 모래비치로 가는 남부 링로드 길의 풍경>

다. 유명한 주상절리가 가까이 있어서 가보았다. 우리나라 제주도의 주상절리와 같다. 단지 여기서는 쉽게 만지고 올라설 수도 있다. 사람

[그림 46-9] <검은 모래 비치의 풍경>

들이 사진을 찍고 보고 즐거워한다. 어느 해변이나 그렇듯이 바다 경치가 좋다. 검은 비치라서 더 좋고 아이슬란드의 고유한 풍광이 겹쳐서 더욱 좋다. 여기저기 돌아다니며 아내와 기념사진을 찍고 우리 여행의 기억도 함께 찍었다.

바닷물에 손도 적셔보고, 파도가 치는 해변을 걸었다. 믿기 어려운 검은색의 모래다. 진짜 검다. 어떻게 만들어졌을까? 내 의문이 이상한 건가 싶기도 하다. 그냥 검은 거다. 자연의 색이다. 모래의 색이 따로 정해진 건 아니지 않은가. 단지 드문 색일 따름 아닐까. 나중에 지질학자에게 물어볼 일이다.

검은 모래와 하얀 파도 물거품이 대조와 조화를 이룬다. 그리고 그 관계가 계속 변한다. 밀려오는 파도가 하얀색을 가져오고 다시 뒤로 밀리며 검은색이 자리를 되찾는 변화가 재밌다. 한참을 보며 사진과

[그림 46-10] <검은 모래 비치에서 본 디르홀레이> 멀리 디르홀레이가 보인다.

동영상으로 찍어봤다. 자연의 변화를 보여주는 재밌는 증빙자료다. 자연의 변화는 그 자체로 질서다.

비크(Vik)에서 쇼핑하고 숙소로 가기로 했다. 오늘의 숙소는 링로드를 타고 디르홀레이 쪽으로 다시 돌아가야 한다. 비크 근처에 숙소를 구할 수 없었다. 비크까지 가는 길이 가히 환상적이다. 도로 양쪽의 산들이 수려한 경관을 자랑한다. 살짝 비를 뿌리는 흐린 날씨에 비친 모습이 아름답기 짝이 없다. 옅디옅은 안개가 선경을 만들어주고 있다.
쇼핑을 마치고 되돌아서 달리는 멋진 운전길이 또다시 펼쳐진다. 나와 아내의 마음에 즐거움이 차오른다. 행복한 마음이다. 년초부터 우울했던 심상에 아직껏 남아있는 나머지를 모두 털어냈다. 한결 가벼워진 마음이다. 내일 이 길을 다시 달릴 것을 생각하니, 더 즐거워졌다. 뒤로 돌아가고 있으니 내일 이 길을 다시 타야 한다.

우리의 숙소에 여덟시반에 도착했다. 농장 목초지 초원 한복판에 들어서 있는 호텔이다. 급히 체크인을 하고서, 저녁식사를 준비했다. 여기는 공용공간의 주방이 딸린 식당이 별도 건물에 있다. 가지고 온 먹거리를 가지고 주방에서 간단한 조리를 했다. 밥을 먹는 중에 밖을 보니 석양이 붉게 타오르기 시작한다.

밥을 먹다 말고 밖으로 나가서 석양의 빛을 카메라에 담았다. 살짝 낮은 산등성이에 걸쳐진 태양이 붉게 타오른다. 말 그대로 불타는 석양을 보았다. 아내와 함께 석양을 본 게 언제였나 생각해보니 몰타의 해변절벽(딩글리클리프)에서 본 석양이다. 수평선 너머로 내려가는 태양을 한시간 여 동안 지켜본 기억이 난다. 오늘은 짧다. 지평선이 아닌

[그림 46-11] <아이슬란드 평원의 불타는 석양에서>

산등성에 걸쳐진 태양이 뿜어내는 붉은 색이 더욱 강렬하다. 카메라 앵글에 비친 장면이 천지창조를 연상시킨다. 산 정상에 걸쳐서 붉게 타는 구름이 화산폭발의 모습을 만들어준다. 그리고 순간 사라졌다.
  우리의 여행에 에너지를 더해주는 석양의 빛이었다.

오늘의 걷기: 15,695 걸음

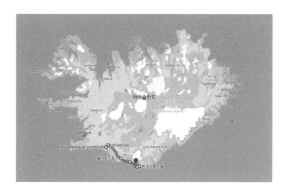

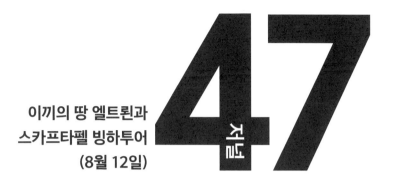

47 저녁

이끼의 땅 엘트뢴과 스카프타펠 빙하투어
(8월 12일)

아침 창문밖 풍경이 멋지다. 6시30분인데 이동하는 차가 보인다. 커튼을 달아서 아내가 아침잠을 좀 더 잘 수 있게 해주었다.

이 호텔에는 쿠킹 키친을 갖춘 식당이 있다. 우리도 호텔 조식당을 이용하지 않고 여기서 아침을 해먹고 그리고 점심 샌드위치도 싸서 가져가 보려고 한다. 이 호텔 숙박비가 서비스에 비해 꽤 비싼데 이렇게라도 예산을 보충해야겠다.

[그림 47-1] <숙소 밖 아침풍경> 어디서나 평원에 숙소가 있다.

여러 사람이 들랑거린다. 주로 젊은이와 갓 중년이 된 자들이다. 시니어는 없다. 사실은 우리가 시니어인데 아마 저들은 모를 거다. 이 호텔 지역 내 한쪽에 게르와 같은 숙박시설이 있는데 젊은이들이 그곳에 숙박하면서 쓸 수 있는 공동 시설의 하나이다. 우리와 같은 일반 숙박객도 이용 가능한 시설이다.

　체크아웃 시간이 열시반이다. 아침을 챙겨서 먹고 점심 샌드위치도 쌌다. 아내가 즐거워한다. 서둘러 짐을 싸고 호텔을 나섰다. 어제 본 비크에 이르는 멋진 길을 다시 찾았다. 안개가 짙게 깔려서 전경이 짧아지고 구름이 배경이 되었다. 다른 모습의 아름다움이다. 오늘 일정상 비크는 그대로 통과했다. 비크를 지나니 왼쪽에 멋진 산들이 계속되고 오른쪽에는 바닷가까지 평평한 들판이 넓게 펼쳐있다. 이곳의 산들은 빙하에 의해 깎여져서 가파르다. 꽤 넓은 들판에는 양들이 계속 보인다. 비크의 길은 어느 쪽이든 아름답다.

　외계의 길을 달렸다. 어느 순간부터 온통 달나라 같다. 검은색 땅이 그런 느낌을 불러일으킨다. 검은 땅이 이곳이 용암 지대였음을 말해

[그림 47-2] <구름안개 낀 비크 가는 길>

준다. 끝이 없다. TV에서 봤던 달 표면의 모습이 겹친다. 검은 모래의 비밀이 금방 밝혀졌다. 여기에 오니 검은 흙이 많다. 화산지역의 대표적인 색이 검정이다. 클레르몽페랑 대성당도 검은 성당이다. 화산지역에 있기 때문이다. 제주도의 바닷가에도 검은 모래는 없지만 검은 현무암이 많다. 그렇다. 레이니스피야라(Reynisfjara)의 검은 모래는 검은 돌이 바스러지고 검은 흙이 합쳐진 거다. 단지 그 색이 놀랄 만큼 검을 따름이다. 여기 이곳의 흙도 그만큼 검은색을 띠고 있다.

링로드의 1번 도로는 아이슬란드의 모든 걸 보여준다. 한참을 달리면서 변화무쌍한 아이슬란드의 모습을 보았다. 달리다가 운전을 교대했다. 내게 졸음기가 있어서다. 오늘 새벽에 일어나 잠을 못잤다. 다른 이유는 옆좌석에 앉아서 밖을 감상하기 위한 마음도 있다.

어느 순간 버섯 모양의 돌들이 길가 좌우를 뒤덮었다. 저게 뭐지? 이끼다. 그런데 연한 회색빛 이끼다. 아내에게 이끼를 영어로 물으니 moss라고 말한다. 맞다. 이끼의 땅, moss land다. 회색 이끼가 버섯 모양으로 모든 돌을, 모든 세상을 덮었다. 또 다른 외계가 나타났다.
창문을 열고 사진과 동영상을 찍고 하면서 달렸다. 1번 도로에서는 길가 주차를 할 수 없다. 어쩔 수 없이 계속 달리다가 차량과 사람들이 모여있는 쉼터를 봤다. 다가가 보니 미니공원이다. 얼른 들어가서 주차를 했다. 이제 이끼의 세상을 가까이 볼 수 있다.

실제 이끼의 땅이다. 입구 간판에 엘트뢴(Eldhraun)이라는 지명이 적혀있다. 구글 사전을 찾아보니 용암이라는 뜻이다. 주차장 안쪽 표지판에는 이곳이 "이끼 관목지(Moss Heath)"라고 쓰여있다. 이 지역에서 이

[그림 47-3] <이끼의 땅 엘트뢴> 회색의 이끼가 세상을 뒤덮고 있다.

끼의 유래가 4억 년이 된다는 설명도 적혀있다. 이끼가 건조한 땅에서 처음 자라는 식물이라는 것, 용암지역을 뒤덮어 점령한다는 것, 이곳 엘트뢴이 용암지역이어서 이끼로 뒤덮였다는 것 등이 설명되어 있다.

여기가 이끼의 땅(moss land)이다. 아니다, '이끼행성'(moss planet)이다. 어쨌든 외계다! 옅은 회색의 이끼가 광활한 대지를 뒤덮었다. 단연코 지구에는 없는 풍광이다. 이를 어찌 지구라 할 수 있을 것인가. 다시 생각해보니 지구가 맞다. 지구 외에 이런 생명체를 품을 수 있는 행성이 어디 있을까. 기쁜 마음에 가까이 보고 또 보았다. 기분이 들뜬다. 내가 좋아하는 새로움과 낯섦이다. 그런 내 마음을 아내가 잘 안다. 내 기분을 맞춰준다.

즐겁게 드라이브를 다시 시작했다. 곧바로 있는 오늘의 첫 목적지 피야라르글류푸르(Fjarðarárgljúfur)를 놓쳤다. 되돌아서 찾으니 일정이 약간 지체되었다. 이름이 어렵지만, 멋진 협곡이다. 산으로 올라가면서 왼쪽의 협곡을 보게 되어있다. 비가 부슬부슬 내려서 걸어 올라가는 길이 시원하다. 모자를 쓰지 않으니 서늘하기도 하다.

곧바로 장가계를 떠올렸다. 우리 부부 모두 직접 가보진 못했지만 장가계의 이미지는 사진으로, 그리고 영화 [아바타]의 이미지로 알고 있다. 주위에서 중국 관광객이 뭐라고 떠든다. 아내가 농담으로, 저 사람들이 장가계보다 못하다고 말하는 것이라고 한다. 그럴 수 있겠다.

그래도 멋진 풍경이 계속되었다. 산으로 올라갈수록 계곡이 깊어지고 풍광이 더 멋지게 변한다. 바위도 여러 모양이다. 두꺼비, 용의 등, 개선문, 코뿔소, 이구아나 등등 여러 모양이 있다. 사진을 찍고 오르고 하다 보니 산 정상까지 이르렀다. 끝인 줄 알았는데 저 아래쪽에까지 Viewpoint가 있다. 결단을 내려 이만 발길을 돌렸다. 다음 목적지에 약간이라도 일찍 도착하기 위해서다.

피야라르글류푸르를 뒤로하고 다시 링로드에 복귀했다. 벌써 한시 십분이다. 생각보다 여유시간이 많지 않다. 도로 양옆에 낮고 작은 구릉 형태가 여럿 모여있는 땅이 나타났다. 마치 여성의 가슴을 모아놓은 거 같다. 젖꼭지가 있는 특이한 모형이 많이 보인다. 또 다른 모습이다.

더 달리니 건조한 땅이 나타났다. 황량하다. 여긴 달 표면이라기보다 오히려 황야의 공사판같다. 첫날 케플랴비크에서 레이캬비크로 들어갈 때 보았던 북구의 거인 요정 트롤의 공사판과 같은 모습이다. 이 또한 아이슬란드의 한 모습임을 알겠다. 이 길이 끝이 없이 계속된다.

그러다 점차 관목이 하나씩 나타나고 생명이 담긴 땅으로 변하기 시작했다. 바트나요쿨국립공원이 시작되는 스카프타펠이 가까워졌다.

스카프타펠(Skaftafell)은 빙하로 유명한 곳이다. 우리는 오후 3시에 빙하투어를 예약해놓았다. 10분전까지 도착하라는 메시지가 있어서 서둘러 가는 중이다. 가는 길에 차 안에서 샌드위치를 꺼내 먹었다. 스카프타펠에서 15분 정도를 더 달려야 투어 미팅 포인트에 도착할 수 있다. 다행히 제시간에 맞춰 도착했다.

방한용 의류와 신발을 받아서 급히 착용하고 투어버스에 올라탔다. 일행이 20명 정도로 다양한 국적의 사람들이다. 아시아인은 우리부부 뿐이다. 버스로 15분 정도 이동한 후에 내려서 관광객을 두 팀으로 나눴다. 우리 팀은 10명이다. 하비(Harvey)라고 자신을 소개한 가이드가 각자 출신을 물어서 모두 대답했다. 미국에서 온 한 가족, 이태리에서 온 한 가족, 그리고 우리 부부다. 미국 가족은 50대 부부와 10대 아들 2명이고, 이태리 가족은 50대 부부와 성인 자녀 2명이다. 내가 가이드는 어디 출신인지 웃으면서 물어봤다. 자기는 아이슬란드와 오스트리아 부모에게서 태어났다고 한다. 자신을 50프로 아이슬란드인이라고 규정한다. 그 외에 몇 농담을 주고 받으며 친해졌다.

버스에서 내려서 15분 정도 걸었다. 주위에 연한 초록의 이끼와 약간의 풀, 간혹 보이는 관목이 조화를 이뤄 이국적이고

[그림 47-4] <초록 이끼의 산>

외계와 같은 풍광을 만들어준다. 그 속을 직접 걷고 있노라니 다른 세계에 와있는 느낌이다. 우리가 영화 속 장면에 있는 것 같다. 기분이 이상하다.

드디어 빙하의 산 앞에 도착했다. 그리고 바로 앞에 큰 호수가 있다. 하비가 혀(tongue)와 손가락(finger)의 개념을 설명해준다. 빙하의 혀는 계곡을 통해 바다 또는 호수 쪽으로 흘러내리는 빙하의 모습을 말한다. 실제 혀처럼 보이기 때문이다. 빙하의 손가락은 빙하의 모습이 손가락처럼 여러 개로 나뉘는 것을 말하는 건지 어쩐지 잘 기억나지 않는다. 어쨌든 빙하가 무게를 견디지 못하고 흘러내리면서 만들어내는 현상의 하나다. 우리 앞에 있는 빙하도 멀리서 보면 호수로 흘러내리는 빙하의 혀 모양을 하고 있는가 보다. 그러나 다른 점은 계곡뿐 아니라 산 전체가 빙하로 덮여있다. 빙하의 높이와 면적이 말할 수 없이 크다.
스카프타펠의 빙하는 유럽 최대 규모라고 한다. 가이드 하비가 어렸을 때인 25년 전에는 이보다 훨씬 더 컸고, 앞으로 25년 후에 아마 현재의 절반 이상이 녹아 없어지지 않을까 예견된다고 한다.

놀라운 빙하투어가 시작되었다. 빙하의 높은 산을 등정하면서 직접 체험하는 시간을 보냈다. 빙하의 여러 모습을 보며 그 구조와 특징에 대한 설명을 듣고서 그 위를 걸어 보았다. 빙하물을 직접 마시기도 했다. 거대한 빙하 산의 속에서 걷고 보고 숨쉬고 만지고 능을 하다 보니 세시간이 금방 지나갔다.
빙하로 뒤덮인 산등성이와 계곡의 조화가 지극히 아름답다. 신비로운 광경이다. 장엄한 빙하의 산과 계곡에 대자연의 엄숙함이 깃들어 있다. 흐리고 간혹 비가 뿌리는 날씨에 옅은 햇빛을 흡수하고 반사하

[그림 47-5] <빙하의 산등성과 계곡>

는 빙하의 모습이 경이롭다. 주위 사방의 넓은 빙하의 평원이 영화 [인 터스텔라]에서 외계행성의 한복판과 같다. 나도 아내도, 지금 거기에 있다. 그리고 10명의 동반자가 이 행성에 함께 있다. 모든 심각한 것들 이 생각해보면 하찮다. 그렇다. 부질없음에 매달리는 것이다. 겸허함 이 우리가 가져야 하는 올바른 자세다.

산꼭대기에서 불어오는 빙하 바람이 문득 정신을 차리게 해준다. 생전 겪어보지 못한 특이한 감동이 밀려왔다. 그 어느 데서도 겪어보 지 못한 힐링의 시간이었다.

내려오는 길에 하비가 영화 인터스텔라의 촬영 에피소드를 얘기해 준다. 내 상념이 맞았다. 다시 자세히 물어보니 인터스텔라는 여기가 아닌 인근의 다른 빙하에서 찍었다고 한다. 그리고 덧붙여서, 순전히 그 영화의 씬(scene) 구성상 그쪽이 더 적합했기 때문이라고 말한다. 이

곳이 그쪽보다 덜 멋진 게 아니라는 뜻이다.

돌아오는 길에 다시 걸었다. 익숙해진 풍광이지만 아직도 새롭고 신기하다. 오는 길에 길잃은 새끼 양이 어딘가에서 크게 우는 소리를 들었다. 눈을 돌려 찾아보니 살짝 빗발이 치는 산등성에 홀로 있다. 울음소리가 꽤 크다. 어미가 곧 찾아올 수 있겠다.

오늘 숙소는 오두막(코티지, cottage) 형태의 독립 건물이다. 여느 호텔과 마찬가지로 광활한 들판에 달랑 있는 호텔이다. 아무에게도 구속되지 않으니 해방감이 이루 말할 수 없다.

호텔에서 안내문이 와있다. 호텔 근처에 아무것도 없으니 먹을거리를 사서 들어오라고 한다. 그러나 현재 우리 짐에 있는 것을 모두 뒤져서 저녁과 내일 아침 식사를 만들어 먹기로 했다. 호텔 측에서 추천해준 작은 (유일한) 슈퍼가 13킬로나 떨어져 있다. 이곳이 어떤 장소인지를 말해준다. 아이슬란드 산골이다. 평원과 산으로 둘러싸인 고립된, 아니 독립된 세계이다. 이곳에선 자연 속에 '점으로' 박혀있는 내가 있다. 인간 세상과 절연된(거리를 둔) 내가 있다.

저녁준비를 했다. 식탁도 있다. 오로지 둘만 있는 곳에서 아내와 마주 보며 식사를 하니 편하고 좋다. 맥주 한 캔이 아쉽다고 서로 말하며 저녁식사를 마쳤다. 느긋한 마음이다.

자다 깨서 일어나보니 아직 자정이 채 안 되었다. 저녁식사 후에 이거저거 점검하려 하자마자 그냥 잠들었다. 뒷정리했을 아내가 다른 침대에 잠들어 있다. 트윈베드가 따로 떨어져 있는 스튜디오형 방이다. 창밖 멀리서 아주 간혹 헤드라이트를 켜고 바쁘게 달리는, 심야 주행의 자동차가 보인다. 이곳이 절해고도가 아님을 알려준다. 안도하는 마음이 되었다.

이번 여행이 어드벤처의 연속이다. 내일은 어떤 어드벤처가 있을지 기대된다.

오늘의 걷기: 16,268 걸음

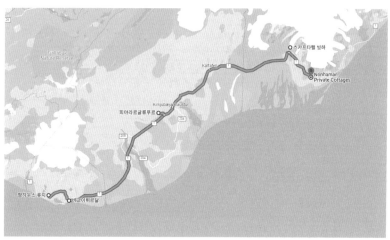

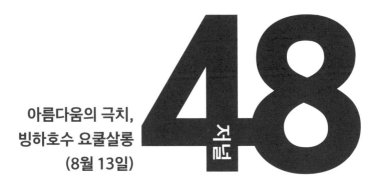

**아름다움의 극치,
빙하호수 요쿨살롱
(8월 13일)**

저녁

새벽에 유리창에 새가 부딪치는 소리가 크게 났다. 깜짝 놀라서 가봤더니 다행히 다시 날아가 버렸다. 멀리 나는 모습을 보니 일단은 안심이 된다. 새들은 유리창을 보지 못한다. 그러니 빈 공간인 줄로 알고 나르다가 부딪쳐 죽기도 한다. 부딪친

[그림 48-1] <새벽 다섯시반의 오두막 숙소밖 풍경>

흔적이 유리창에 크고 선명하다. 부상을 입었을 텐데, 이겨내고 건강히 잘 살기 바랐다.

오늘은 일정이 순탄하다. 어제 세 시간 일정의 빙하투어가 무리였

는지 밤새 곯아떨어졌다. 체력 보충이 필요해서 움직임을 최소로 하려고 한다. 아내가 간밤의 꿈자리가 좋지 않아서 기분이 약간 다운되었다. 호젓하게 함께하는 둘만의 식사가 좋은 처방이 되어서 아내의 기분이 풀렸다. 아무래도 오늘은 조심하며 다녀야겠다.

좀 늦은 시간에 체크아웃했다. 광활한 지평선을 앞에 둔 멋진 (오두막) 숙소다. 다음에 기회가 되면 다시 머물만하다. 곧바로 1번을 타고 동쪽으로 달렸다. 빙하호수가 있는 요쿨살롱(Jökulsárlón) 보트투어가 오후 2시에 예약되어 있다. 시작 30분 전까지 오라고 한다. 여기서 40분 걸리는 거리이니 시간이 넉넉하다. 그 외 특별한 일정은 없다. 가다가 구경할만한 데가 있으면 들릴 생각이지만 무리하지 않겠다.

링로드 드라이브 길은 역시 변화무쌍하다. 도로 오른쪽에는 넓게 자리잡은 평평한 땅이 계속되고 있고 왼쪽에는 웅장한 바트나요쿨의 깎아지른 산이 계속된다. 자연의 스케일이 커졌다. 빙하에 의해 깎여진 산이라서 가파르다. 경사면이 반듯한 직선으로 되어 기하학적 아름다움을 보인다. 와, 하는 감탄이 절로 나온다. 장관이다. 아내에게 농담으로 "아이슬란드에서는 장관만 있네, 부장관이나 차관은 없고"라고 말하니, 아내가 "인구가 작으니까"라고 농담으로 받는다. 그렇다. 아이슬란드의 자연은 그 자체로 장관이다!

왼쪽에는 진흙색의 거대한, 빙하에 깎여진 모습의 산이, 그리고 오른쪽에는 여름 끝에 초록색과 연한 갈색이 무늬를 이루는 넓고 평평한 땅이 끝없이 펼쳐진다. 1번 도로 양쪽의 대비와 조화가 어디에도 없는 경관을 만들어내고 있다. 비현실적 구도 속에 우리가 있으니 마음이 들뜨는 건 당연하다.

[그림 48-2] <오프로드에서 본, 산자락을 흘러내리는 빙하의 혀>

　왼쪽 멀리에 빙하에 덮인 산이 보인다. 스카프타펠의 빙하와 다른 빙하인가 보다. 혹시 인터스텔라 촬영지? 마침 좌회전 오프로드가 있어서 들어갔다. 좁은 자갈밭 길이다. 100미터 정도 들어가다가 멈췄다. 산자락에서 흘러내린 빙하가 눈앞에 있다. 차에서 내려서 빙하와 눈에 뒤덮인 산을 사진에 담았다. 멋진 앵글이 나왔다. 더 들어가기 무서워서 차를 되돌려 다시 1번 도로를 달렸다.

　출발 20분여 만에 운전을 교대했다. 새벽에 저널을 쓰다 보니 잠이 부족한 날이 많다. 자주 운전을 교대하는 이유다. 아내가 운전을 잘하니 더 자주 교대한다. 서로 체력을 안배할 수 있어서다. 긴 여행이 더구나 자동차여행으로 채워질 때 함께하는 드라이브는 여행의 즐거움을 나누는 중요한 방법이 된다. 아내가 절경 속의 운전자가 되어 우리의 여행을 이끌었다. 오늘은 그녀가 주로 운전하기로 했다.

다시 10분여를 달리다가 도로 건너편 왼쪽에 주차공간이 있고 몇몇 차량이 주차해 있어서 우리도 들어가 보았다. 주차장 앞 낮은 산등성 너머로 산책길이 있다. 차들이 주인을 잃었다. 모두 어딘가 산책 중인가 보다. 우리도 고개를 넘어가 보기로 했다.

빙하호수, 요쿨살롱이 거기에 있다. 고개 넘어서 경이로운 호수가 눈앞에 있다. 빙하를 가득 담은 투명한 호수다. 생전 처음 보는 아름다움이다. 너무나 고요하다. 그런데 빙하가 가득 떠있다. 호수에 비친 빙하들이 물 위의 빙하만큼 선명하다. 완전하게 대칭을 이룬 현실과 비현실의 빙하가 우주비행선 같기도 하고 우주기지 같기도 하다. 빙하마다 다른 모습으로 호수에 투영되어 자기 나름의 신비로움을 보여주고 있다. 호수 끝 멀리에 빙하를 품고 있는 산도 호수에 그대로 비쳐져 있다. 절경의 아름다움이 여기에 있었다.

호숫가까지 내려가 산책을 했다. 잠시 현실을 잊고 우주 행성에 있

[그림 48-3] <요쿨살롱의 우주선 같은 빙하>

는 시간이다. 주위에 아무도 없어서 이 공간을 우리가 다 차지하게 되었다. 호수에 손을 담가 보았다. 생각보다 차갑지 않다. 차마 호수에 돌을 던지지 못하고 바라보기만 했다. 파문이 일까 봐 조용히 호숫가를 걸었다. 아내와 함께 있어서 이곳이 먼 우주 행성이라도 외롭지 않다고 생각했다.

[그림 48-4] <요쿨살롱의 정지된 시간 앞에서>

시간이 꽤 흘렀다. 우주의 순간이 현실의 시간으로 전환되어 길어졌나 보다. 영화 [인터스텔라]에서는 블랙홀 근처 행성의 1시간이 지구의 12년에 해당한다. 고 중력장의 우주 공간에서는 시간이 공간에 갇혀서 늦게 흐르기 때문이다. 한순간 중력장에 빠진 느낌이 들었다. 내 삶의 시간, 아내의 시간, 우주의 시간, 그리고 내 아이들의 삶의 시간이 혼재되어 내 주위를 맴돌았다. 이곳의 지독한 고요함이 내게 혼란을 주었다.

정신을 차리고 서둘러 차를 몰고 요쿨살롱 보트투어 장소로 향했다. 주차장에 차가 엄청 많다. 운 좋게 주차 자리를 찾아냈다. 아내가 주차비를 앱으로 신속하게 결제하였다. 이제 숙달된 전문가가 되었다. 아이슬란드 국립공원 관리시스템을 다 파악했다.

점심을 푸드트럭 메뉴로 해결하고, 투어 미팅 장소로 갔다. 트럭 안에서 방수복으로 갈아입고 모였다. 다국적 관광객 20명이 모였다. 호숫가로 단체로 이동하여 어제처럼 두 팀으로 나눠서 배를 탔다. 우리 쪽 열 명은 전체 인솔자가 운전하는 배에 타고, 다른 쪽 열명은 부인솔자가 운전하는 배에 탑승했다. 우리 쪽에는 뉴욕에서 온 시니어 부부와 딸, 사위 등 4명, 콜로라도에서 온 시니어 부부, 그리고 독일에서 온 중년 커플 등이 함께했다. 역시 미국인이 많다.

보트 투어는 환상적이었다. 호수 한가운데 떠 있는 여러 빙하를 가까이 보니 신기하다. 각각 다 다른 모습이다. 호수 아래로 몇 프로의 얼음이 있을까. 바닷물이 아니니 염도가 낮아서 부력이 그만큼 크지는 않을 것이다. 그렇지만 빙하가 녹은 물이어서 밀도가 높지 않을까 생각도 된다. 아마 칠팔십 프로 정도는 수면 아래로 잠겨져 있지 않을까. 아니면 1:9인가? 이에 대해 가이드 설명을 놓쳤다. 어쨌든 떠 있는 빙하가 여기저기 많아서 볼만하다. 호수가 커서 아까 우리가 들렀던 호숫가 쪽이 어딘지 가늠이 되지 않는다. 호수 한복판에 있는 작은 섬에 접근해보니 갈매기와 물개가 있다. 물이 매우 차가울 텐데 물개가 산다.

호수 끝까지 보트가 쾌속으로 달렸다. 와우! 빙하의 벽이 호수에 맞닿아 있다. 빙하혀(glacier tongue)의 끝이 되겠다. 검은 화산재가 섞인 빙하의 벽은 한 폭의 수채화 그림과 같다. 빙하호수의 투명한 푸르름과 어울려서 어디에도 없는 그림이 만들어진다. 배를 돌려서 방향을 바꿔 잡으니 빙하혀를 감싸고 있는 갈색의 흙산이 멀리서 새로운 배경을 만들어주고 있다. 투명한 요쿨살롱 호수와 화산재의 검은색이 섞인 하얀 빙하와 갈색의 바트나요쿨 산이 한 화면에 담겼다. 푸른 하늘

[그림 48-5] <빙하의 혀와 맞닿은 요쿨살롱>

에 군데군데 떠 있는 구름도 한자리를 차지한다. 이 배경으로 활짝 웃고 있는 아내의 사진을 찍어주었다.

　보트투어를 마치고 다시 호숫가로 향하였다. 아름다움이 빙하만큼이나 가득한 호수를 다시 보고 싶어서다. 오후 4시인데도 구름이 잠시 짙어지니 초저녁의 빛, 세칭 개늑시의 조망이 만들어졌다. 호수가 더욱 푸르른 빛을 띠고, 빙하들이 투명하게 푸른 에메랄드처럼 변한다. 높은 위도라서 햇빛이 낮게 깔려서 그런가 보다. 어스름한 햇살 속에 빙하와 빙하호수가 빛난다. 일순 넋을 잃고 감동이 일었다. 내게 희로애락의 "락"의 경험이 밀려왔다.

　아쉽지만 떠날 시간이다. 이 호수에서 바다 쪽으로 나아가는 강을 따라 다이아몬드비치(Diamond Beach)까지 걸어갔다. 요쿨살롱의 빙하가 바다로 흘러가다가 해변에 남겨진 조각들이 다이아몬드와 같다고 해서 붙여진 이름이다. 생각보다 적은 수의 빙하 조각이 남아있다. 검은색 모래사장 위에 드문드문 보인다. 샌프란시스코에 사는 아내의 절친이 극찬했던 곳이어서 기대가 컸던 탓인지 약간 실망했다. 나중에 알고 보니 그 친구가 왔을 때는 이른 봄이어서 해변에 빙하 조각이 가득했던 모양이다. 그러니 검은색 모래 위에 빙하 조각들이 얼마나 찬연하게 빛났을 것인지 짐작이 된다. 지금은 여름 끝이라서 대부분 녹아 없어졌다. 그래도 남아있는 소수의 빙하 조각이 투명하고 예쁘다. 만져보니 차갑다. 서늘한 기운이 몸에 스며들며 정신을 일깨운다.

빙하 투어가 끝났다. 오랜 기억에 남겨질 순간들이다. 현실로 돌아왔다. 이제 숙소에 들어가기 전에 회픈(Höfn)으로 가서 장을 봐야 한다. 한 시간 드라이브 거리다. 잠이 깬 내가 잠깐이라도 운전하기로 했다. 가다가 길에 뛰어드는 양을 발견하고 급히 멈췄다. 경계하지(alert) 않았으면 큰일 날 뻔했다. 길에 뛰어든 양이 일순 경직되어 못 움직인다. 기다려주니 천천히 움직인다. 길 건너에서 다른 한 마리의 양이 기다리고 있다. 둘이 합류해서 목초지로 완전히 들어가는 걸 보고서 다시 출발했다. 오늘의 가장 잘한 일이라고 아내가 칭찬을 해준다.

다시 운전을 아내에게 넘겼다. 아무래도 무리다. 회픈에 잘 도착했다. Netto라는 마트에서 저녁 먹거리를 구입하고, N1 주유소에서 가솔린 주유도 했다. 주유비가 9000크로나이다. 생각보다 많이 달렸나 보다.

오는 길에 서너마리의 말을 만나서 다가가 어루만져주고 인사도 나눴다. 재밌다. 아내는 잠깐 무서워하기도 했으나 곧 터치하고 즐거워한다. 함께 사진도 찍고 말들만의 독사진(^^)도 찍어줬다. 잘생겼고 순하다. 경계 태세가 전혀 없고 우리를 자꾸 가까이 하려고 한다. 목 갈기 부분이 가려운 듯해서 긁어주었더니 좋아라고 한다. 혹시

[그림 48-6] <아이슬란드 토종 말> 행복지수가 높은 말들이다.

몰라서 지나치지 않게 긁어주고 멈췄다. 그동안 계속 지켜보기만 했던 토종말을 직접 만져보고 교감해보니 느낌이 좋다.

스타파펠(Stafafell)이라는 지역의 숙소에 30분정도 운전해서 도착했다. 1번 도로에서 갑자기 구글 안내가 끊어져서 당황했는데, 길 바로 아래쪽으로 난 좁은 길을 들어가니 숙소가 나왔다. 도로에 붙어있는 집이다. 나무가 있고 약간 경사가 있어서 잘 안보였다. 아이슬란드에서는 예측치 못한 곳에 집이 있다. 숙소에서 저녁을 챙겨 먹었다. 석양이 비스듬히 보이는 방이다. 가격이 비싸지 않은 숙소임에도 괜찮은

[그림 48-7] <숙소 앞 풍경>

시설이어서 만족스럽다. 주변 경관도 좋다.

오늘은 어딘가 다른 세상에 다녀온 날이다.

오늘의 걷기: 12,806 걸음

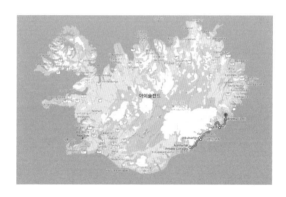

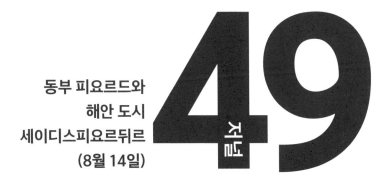

49

저녁

동부 피요르드와
해안 도시
세이디스피요르뒤르
(8월 14일)

어메이징리 뷰티풀 데이(amazingly beautiful day)! 첫날 로터스 렌터카 회사에서 공항에 마중 나온 직원이 내게 건넨 얘기다. 내가 들은 아이슬란드에 대한 첫 코멘트였다. 그날보다 더 좋은 날씨다. 물론 어제보다 더 좋은 날씨다.

아침 식사를 하러 호텔 주방이 있는 건물로 갔다. 십여마리의 오리 떼가 건물 입구 쪽에 진을 치고 있다. 고양이 한 마리가 마중을 나온다. 아내에게 다가가더니 몸을 부벼댄다. 아내가 즐거워한다. 고양이와 함께 어울리고 있는 우리를 보던 오리들이 일어나서 우리 쪽으로 다가와서 긴장했는데, 바로 옆으로 지나간다. 다른 목적지가 있는 모양이다. 아니면 그냥 움직이는 것이거나. 아이슬란드 시골의 아침이다.

조식 대금으로 3000크로나를 현금으로 드렸다. 주인 할머니가 좋아라고 하신다. 조그만 안방 문이 열려있어서 흘낏 보니 아들과 손주 사진이 책상 위에 있다. 아마 도회지에 사는가 보다.

숙소 앞 바닷가 정경이 어제와 똑같이 그대로 있다. 아침햇살이 더 밝긴 하다. 주변의 산들과 평지가 어우러진 넓은 시야의 경치가 시원해서 무거워진 몸을 다소 가볍게 해준다. 누적된 피로가 쉽게 풀리지 않는다. 그래도 즐겁다. 체력적으로 잘 견디면서 다닐만하다.

숙소로 돌아오니 우리 방문 앞에 오리떼가 몰려와서 꿱꿱거리며 떠들고 있다. 여기 숙소 방은 모두 0층이다. 문을 막고 무언가 먹을 걸 달라는 것 같다. 옆방 친구가 통창 방문 안쪽에서 신기하게 쳐다보고 있다. 오리들의 습격을 받은 거다. 문을 조심해서 열고 오리의 침입을 막으면서 들어왔다. ㅋㅋ

방에서 아침 스트레칭을 했다. 이번 여행 중 처음으로 제대로 하는 거다. 장딴지 근육을 풀어주는 마사지도 했다. 갑자기 오리들이 다시 와서 문밖에서 떠든다. 오리들의 재방문 시위가 계속되었다. 그래도 먹을 걸 줄 수는 없다. 꿱꿱 떠들다가 4번방으로 갔다. 우리는 3번방이다. 이 집에는 네 개의 방이 있다. 아이슬란드 여행의 둘째 날에 머물었던 게스트하우스 같은 집이다.

짐을 싣고 막 자동차 시동을 거는데, 주인할머니가 4번방 청소를 시작한다. 인사를 건네고 출발했다.

출발 15분 후에 흐발네스(Hvalnes) 해변에 주차하고 바닷가를 산책했다. 파도가 없는 잔잔하고 평화로운 바다를 만났다. 아이슬란드 남쪽

[그림 49-1] <흐발네스 바닷가 풍경>

바다에선 드문 일이다. 둔덕 아래 바다 쪽으로 내려갔다. 바다 내음과
어우러져 진한 유황 냄새가 나고 있다. 아이슬란드가 어디나 온천 화
산지대임을 확인해준다. 평온한 바다 옆길로 짧은 산책을 했다. 아내
와 며칠간 이런저런 작은 언쟁이 있었다. 여행이 길어지니 그럴 수도
있겠다. 모든 걸 깨끗이 덜어내고 새 마음으로 아내와 포옹했다. 이제
내 마음도 평온해졌다. 아내도 그럴 것이다.

  다시 차를 몰아 인근의 흐발네스 등대(Hvalnes Lighthouse)까지 갔다. 붉
은빛이 도는 노랑 등대가 멋지다. 등대 주변이 넓은 풀밭이다. 키가 꽤
큰 풀들이 무성하게 자라 진한 초록의 밭을 만들고 있다. 평화로운 곳
이다. 한쪽으로는 방파제 같은 곳(모래톱)이 길게 뻗어있다. 조금 전에

[그림 49-2] <등대에서 바라본 내륙의 산>

들렸던 평온한 바다는 이 곳의 안쪽에 있어서 파도가 막아진 것이었다. 이곳의 경치는 비현실적 아름다움을 보여준다. 등대에서 바라본 육지 쪽 바위산의 자태가 범상치 않다. 진한 베이지색의 바위산이 그 어디에도 없는 모습이다. 정상에 구름이 살짝 걸쳐있어서 신령스럽기도 하다. 사진찍기와 산책으로 꽤 오래 머물렀다. 등대 뒤 바다 쪽의 풀밭에서 휴식을 취하며 힐링의 시간을 가졌다.

듀피보구르(Djúpivogur)로 가는 길에도 왼쪽의 가파른 산세와 오른쪽의 평평한 바닷쪽 땅이 계속되었다. 가끔씩 해안가이면서 높이 올라가는 길이 있어서 무섭기도 하였다. 고저의 변동이 반복되는 길이 고소공포증이 있는 나로서는 부담된다. 매우 긴장된다. 중간에서 아내에게 운전을 넘겼다. 무서운 데다가 졸음 기운까지 있어서다.

바닷가 오르막 내리막이 반복되는 길을 달려서 듀피보구르에 1시10분쯤 도착했다. [랑가버드]라는 유명한 카페에서 고기수프 뷔페를 점

[그림 49-3] <해안가 롤러코스터 길> 달려온 길이 갈색 산의 중턱에 걸쳐있다.

심으로 먹었다. 1790년에 오픈한 유서 깊은 식당이다. 레스토랑 안과 밖에 사람들이 가득하다. 이 집의 고기수프가 유명한데, 맛있어서 잔뜩 먹었다. 아침식사가 부실해서 배고프던 참이었다. 듀피보구르는 작은 항구도시로서 아기자기하고 이쁜 정경을 품고 있다. 점심을 먹고서 아내와 도심을 산책하며 사진도 찍고 구경하면서 우리의 기억을 남겼다.

듀피보구르에서부터 피요르드 해안이 시작된다. 구불구불한 해안선이 육지 안으로 깊이 파인 곳이기 때문에 바다와 육지의 경관이 수려하다. 특히 삼각자의 경사면처럼 가파르게 깎아진 산이 해안의 평평한 땅과 맞닿아 있어서 신기한 느낌을 계속 불러일으킨다.

바닷가 1번 도로는 해안선을 따라 해수면에 가까이 있거나 산 중턱까지 올라가는 높은 길이기도 하다. 높은 지대로 올라갈 때 오른쪽 바로 아래의 바다를 내려다보면 아찔하다.

아내가 긴장 속에 드라이브를 계속했다. 구불구불 오르락내리락, 도로의 변화가 거침이 없다. 아내가 집중력을 발휘하여 운전하도록 옆에서 도와주고 격려하는 게 내 주요 임무다. 나는 졸음 기운이 남아있어서 대신해줄 수 없다. 옆에서 응원하다 보니 함께 운전하는 거 같다.

해발 제로와 100여 미터 간의 반복되는 고도 변화가 주위의 풍광을 (상황을) 다르게 만들어준다. 어떤 때는 바다로 뛰어드는 느낌, 어떤 때는 하늘로 날아가 버리는 느낌이 번갈아들었다. 자연이 만든 롤러코스터다. 더구나 동쪽으로 달리는 우리는 바다 절벽 쪽 차선이어서 스릴이 더 컸다. 그러다가 어느 순간 평온한 길이 되었다. 좌우로 넓게 야생화가 꽃 피워져 있다. 꽃의 동네다. 꽃이 마을을 이룬 곳이다. 시계를 보니 3시35분이다. 듀피보구르를 떠난 지 한 시간이 되었다. 잠시 후 다시 가파른 길이 시작된다. 피요르드의 변화는 끝이 없다.

두 번의 피요르드 해안선 주행을 끝으로 1번 도로가 내륙으로 향한다. 피요르드 해안은 92번 로컬도로로 계속된다. 해안선을 더 달리는 건 시간이 너무 많이 걸린다. 기꺼이 내륙 쪽으로 방향을 틀었

[그림 49-4] <내리막길의 피요르드 해안> 피요르드 내해 안쪽의 길을 지그재그로 달린다.

다. 피요르드 안쪽 끝 바다의 건너편에 보이는 레이다르피요르뒤르 (Reyðarfjörður)를 보며 내륙 길을 따라 북쪽으로 달렸다.

30분만에 동쪽 거점도시 에이일스타디르(Egilsstaðir)가 나온다. 이곳에서 더 동쪽 끝 항구도시 세이디스피요르뒤르(Seyðisfjörður) 쪽으로 향하는 93번을 노선을 탔다. 이제 다 왔거니 하는데 구불구불 계속 올라가는 길이다. 큰 산을 넘는 것이었다. 짜릿한 시간이 계속된다. 꼭대기에 오르니 다시 꼬불꼬불한 내리막길이 시작된다. 내리막길은 내가 운전했다.

대관령의 옛 도로가 생각났다. 고등학교 수학여행 때 개통된 지 얼마 되지 않은 영동고속도로의 대관령 고갯길을 넘었다. 대관령은 아흔아홉굽이로 해발 고도 800미터 이상으로 급속히 이동하는 경사 길이다. 막 개통된 2차선 도로의 폭이 넓지 않아서 버스가 굽이를 도는 회전 때마다 한쪽으로 사람이 쏠리면서 추락 위험이 그대로 느껴지는 스릴 만점의 길이었다. 한참 위험을 즐길만한 겁 없는 남자 고등학생 때였음에도 불구하고 꼬불꼬불하고 가파른 산악도로가 주는 두려움은 만만치 않았다. 버스가 한쪽으로 쏠릴 때마다 버스 안 친구들이 "우와!" 하는 괴성을 지르던 모습이 떠오른다. 내 기억 속에 깊이 박혀 있던 수학여행 길이 되살아났다. 흑백사진으로 남아있는 기억들이다.

큰 산을 넘어서 평지에 내려가니 아담한 항구도시 세이디스피요르뒤르가 있다. 일찍 도착할 것으로 예상했으나 벌써 6시40분이다. 시내 가게가 모두 문을 닫았다. 게스트하우스에 체크인하자마자 세탁물을 정리해서 기계에 우겨서 넣었다. 이 집에는 세탁시설이 갖추어져 있다. 워싱머신과 드라이어가 모두 있다.

세탁기가 돌아가는 한 시간 동안 시내를 산책했다. 세이디스피요르 뒤르는 동부 피요르드 해안의 대표적인 항구이다. 덴마크에서 왔음직한 페리가 정박해있다. 페리 한대로 항구가 꽉 찬다. 도시 안쪽에는 북구형 조립식 건물이 늘어서 있다. 단순한 디자인이 이쁘다. 깨끗하고 평화롭다. 아내의 리서치에 따르면, 아이슬란드 조립식 주택은 1930년 대부터 노르웨이에서 들여왔다고 한다. 스칸디나비아 국가들에서 조립식 주택의 역사가 오래됐다는 걸 알 수 있다. 그리고 새삼 아이슬란드인이 원래 노르웨이에서 왔다는 것도 생각났다. 바이킹의 나라, 아이슬란드의 국민들은 아직도 그렇게 받아들이고 있을까? 이 나라 국민의 정체성 인식이 일순간 궁금해지기도 했다.

항구 바로 안쪽으로 호수처럼 맑고 고요한 얕은 바다가 있다. 주위를 둘러싼 건물들이 바다호수에 비쳐서 햇빛이 약한 저녁 시간에 더욱 아름다워져 있다. 중앙의 교회 건물이 특히 아름답게 대칭으로 수

[그림 49-5] <북구형 조립식 주택이 아름답게 들어서 있는 세이디스피요르뒤르>

면에 비치고 있다. 문득 아이슬란드 동부의 작고 아름다운 도시에 왔음을 자각하고 여행의 고립감과 자유로움을 느꼈다.

저녁 식사는 공용주방에서 했다. 모든 편의시설이 잘되어 있는 집이다. 저녁 식사 중에 다른 테이블에 있는 이태리에서 온 가족의 여덟 살쯤 되어 보이는 꼬마 소년이 내게 다가와서 슬며시 영어로 묻는다. 수줍은 말투로 "Where are you from?" 아하, 코리아에서 왔어. 너는 어디서 왔니? 이탈리아 밀라노에서 왔다고 대답한다. 아이 부모가 좋아라고 한다. 세상의 모든 부모는 똑같다. 나중에 또 다가오길래 내가 물었다. "Do you know where Korea is?" 아이가 못 알아듣자 아빠가 통역을 해줬다. 그러자 아이가 고개를 가로젓는다. "Find it later in the map." 아빠가 통역해주었다. 아이가 끄덕인다. 아빠가 우리에게 조금 전에 아이에게 한국의 국기를 찾아 보여줬다고 한다. 그래서 내가 아이를 보고 "한국은 여기서 매우 멀어. 아주 동쪽에 있어"라고 말해줬다. 아이가 흥미로워하는 눈치다. 어린 꼬마와의 즐거운 대화를 나누는 중에 우리의 식사가 끝났고 드라이어에 있는 빨래를 수거해야 했다. 이 가족과 굿나잇 인사를 나누고 일어섰다.

여행 중에 처음 만나는 사람들과 얘기를 나누는 건 큰 즐거움이다. 이 도시에서 작은 추억이 만들어졌다.

오늘의 걷기: 8,227 걸음

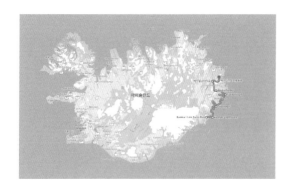

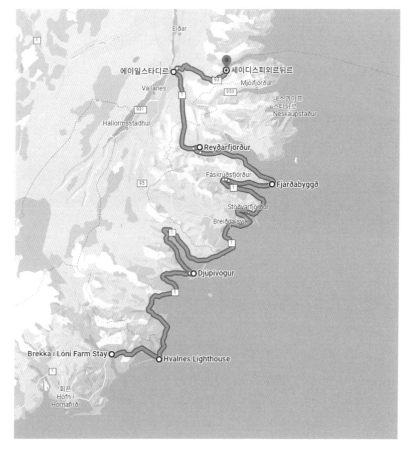

저널 50

**동북부 데티포스와
미바튼 자연온천
(8월 15일)**

아침이 일찍 밝아온다. 창밖으로 산과 마을 위쪽 집들이 보인다. 새벽 4시반이다. 커튼을 내리고 다시 잠을 청했다. 마라톤여행 50일, 아이슬란드여행 7일째다. 오늘은 동선이 길어서 좀 일찍 움직여야 한다.

아침 식사로 어제 사왔던 먹거리를 공용주방에 차려놓고 먹었다. 어제 본 이태리 가족과 또 다른 이태리 젊은 커플, 그리고 우리 부부가 이 주방의 손님이다. 아이슬란드에 와서 미국인과 이탈리아 사람들을 많이 만나게 된다. 물론 그 외에도 다양한 국적의 사람들이 어우러져 있다.

도시를 떠나기 전에 주유소에서 가솔린을 넣다가 아쉬운 마음이 일어서 차를 되돌렸다. 시내 산책을 하기 위해서다. 바다호숫가에 주차

[그림 50-1] & [그림 50-2] <바다호수에 비친 세이디스피요르뒤르>

를 하고 내려서 아내와 호젓하게 작은 도심을 걸었다. 어제 걸었던 길이지만 아침 풍경이 새롭다.

그렇게 다시 못 올 동부의 작은 도시를 눈에 담았다. 호수 건너 쪽에 보이던 교회 근처까지 가서 사진도 찍고 밝은 원색으로 단장한 호숫가 벤치에 앉아서 항구를 바라보았다. 평화롭고 아름다운 도시다. 이 도시의 풍광을 나보다 아내가 더 좋아한다. 훗날 어느 날엔가 이곳에 와서 일주일쯤 휴양하면 좋겠다는 얘기를 나누고 일어섰다. 이제 떠날 시간이다.

11시 출발. 계획보다 늦어졌다. 다시 93번을 타고 산을 넘어 에이일스타디르까지 왔다. 오르막길과 내리막길을 쉬지 않고 달렸다. 짜릿함은 여전하다. 이어서 1번을 타고 북부 내륙으로 들어갔다. 계속 고도를 높여서 올라가니 어느 순간 산 중턱에 걸린 도로가 쭉 뻗어있다. 지금까지와는 다르게 운전이 편하다. 높은 지대인데도 길의 고도차가 크지 않아서 구름 위에 있는 거 같다. 마치 '하늘 위의 드라이브'를 하는 거 같다.

고원지대로 들어선 지 1시간반 만에 화성을 만났다. 황량함이 가득한 평원과 고원이 반복된다. 먼 데서 몇몇 차량이 주차해 있다. 얼른 가서 우리도 주차했다. 차에서 내려 주위를 보니 영화 [마션]에서 본 화성이 여기에 있다. 맷 데이먼의 화성이다.

짙은 갈색의 흙모래와 바위가 사방에 지평선으로 펼쳐있고 저 멀리에도 외계적인 산들이 둘러싸고 있다. 내가 영화 속에 들어와 있는 기분이다. 외계와의 컨택이 저기 어디선가 될 거 같아서 떨린다. 잔잔한 흥분을 뒤로하고 다시 주행을 시작했다.

[그림 50-3] <화성의 땅과 같은 모습의 북부 내륙>

　다시 한 시간을 달려서 데티포스(Dettifoss)에 도착했다. 놀랍다. 이곳에 가까워질 때부터 온통 짙은 회색의 거무죽죽한 흙더미가 있더니, 주차장에 다다르니 다른 세상이다. 온통 검은 바위의 세상이다. 폭포까지 걷는데 검회색의 큰 바위가 아무렇지 않게 널부러져 있다. 황량하고 낯선 풍경이다. 어딘가에는 주상절리의 길쭉한 돌들이 옆으로 뉘어져 차곡차곡 쌓여있다. 외계에 와있다. 생명체가 있을 수 없는 검은 바위의 행성이다.

[그림 50-4] <황량하게 버려진 바위의 들판>

　기묘한 느낌을 주는 주위 장면을 자꾸 사진에 담았다. 이러한 풍경을 특히 좋아하는 나를 아내가 지켜봐 준다. 우주과학 얘기나 SF 영화 등을 즐기는 나의 특성을 잘 알기 때문이다. 실제로 나는 퇴임 후에 천문학과 천체물리학의 발전 동향을 공부하는 중이다.

검은 회색의 바위 바다의 속을 1킬로 정도 걸어서 폭포를 만났다. 데티포스는 유럽에서 가장 큰 폭포이다. 폭포의 물이 떨어지는 소리가 굉음으로 들린다. 짙은 회색빛을 띤 탁류가 거침없이 쏟아져 내린다. 크기로만 말하면 나이아가라폭포와는 비할 수 없지만, 폭포의 물이 떨어지는 힘은 그에 못지않다. 하얀 물이 쏟아지는 나이아가라폭포와 달리 데티포스는 묵직한 느낌을 주는 탁류가 쏟아지기에 그 느낌이 강하다. 멋지고 힘차다. 외계의 분위기를 잃지 않으며, 남성적인 힘을 보여준다. 영화 [프로메테우스]에서 우주의 기원을 여기서 촬영했다니 이해가 된다. 그로테스크한 분위기와 남성적인 강한 폭포의 느낌이 영화의 소재와 분위기에 딱 맞다.

폭포 주위를 돌아다니면서 트레킹을 했다. 폭포가 사방에 펼쳐진 검은 바위의 경치와 잘 어울린다. 어디에도 없는 경관이다. 기대 밖의

[그림 50-5] <남성적 힘이 넘치는 데티포스>

놀라움으로 데티포스의 계곡과 사방천지를 돌아보았다. 그러다 보니 데티포스에서 일정이 지체되었다. 시간을 아끼기 위해 아침에 먹고 남은 음식을 모두 꺼내서 주차장 벤치에서 먹었다. 식사라기보다는 간식 먹는 기분이다. 데티포스 평지의 바람이 세다. 아니 아이슬란드에선 어디서나 바람이 세다. 바람을 등지고 후다닥 먹어 치웠다.

흐베리르(Hverir)에 도착했다. 유황냄새가 진하다. 기이하다는 느낌보다는 새롭다는 느낌이다. 검은 흙탕물이 꿀럭거리는 구멍이 지구 속 열기를 전해주는 거 같다. 일본의 유황온천에 온 것 같다. 지열을 그대로 느낄 수 있는 열구멍에 돌더미를 쌓아놓았다. 가까이 가니 냄새가 진동하고 후끈거린다. 모기떼 같은 날타리들이 엄청 많다. 따뜻한 유황천 때문에 기온이 높아서 날벌레들이 번성하는가 보다. 으으~ 귀찮다.

가장 큰 열구멍에 가서 하얗게 뿜어져 나오는 뜨거운 김을 가까이

[그림 50-6] <흐베리르 지역>

배경으로 사진을 찍다가 서로 의견이 맞지 않아서 아내와 옥신각신했다. 으이구, 이게 뭐람. 애들도 아니고. 아내에게 본의 아니게 짜증을 내서 미안하게 되었다. 속된 말로 스타일 구겼다. 계속 귀찮게 들러붙는 날타리 때문에 기분이 더 엉망이다.

5시반으로 예약한 미바튼 자연온천으로 갔다. 우유빛 에메랄드색의 온천수가 낮게 깔린 태양을 받아 이쁘게 반짝거린다. 야외 온천이라서 살랑살랑 부는 바람결이 온천의 기분을 돋워준다. 온천수에 몸을 담그고 아내와 긴 대화를 했다. 해가 뉘엿뉘엿할 때까지 두 시간 가까이 얘기를 나누었다. 아까의 상황에 대해서, 부부간의 화법에 대해서, 그리고 어리석음이 생겼을 때 어떻게 해결할지 등을 서로 생각하는 바대로 얘기했다. 아내의 마음이 풀린 거 같다. 얘기를 마치고 나니 많이 늦어졌다. 저녁을 건물 내 간이식당에서 먹었다. 따뜻한 수프와 샐러드를 먹었다. 맛이 괜찮다.

8시쯤 나와서 4킬로 떨어진 식품점에 들려서 내일 아침에 먹을 거를 샀다. 그리고 숙소로 가기 위해 40분을 달렸다. 87번, 845번, 85번 도로를 연이어 갈아탔다. 그리고 85번에서 벗어나서 비포장도로 4킬로를 달렸다. 드디어 게르처럼 생긴 숙소가 나타났다. 아이슬란드 호텔/숙박지는 예상치 못한 데에 있다. 아니 아무 곳에나 있다. 오늘도 예상할 수 없는 이상한 도로들을 바꿔 타고 여기까지 왔다.

어스름한 시간에 들어온 숙소 주변의 풍광이 멋지면서도 다소 황량하다. 흐베리르와 미바튼에서부터 따라다니는 날타리 벌레들이 여기도 있다. 총 열여섯 개의 게르가 평원 아래쪽에 흐르는 강을 마주하고 자리잡고 있다. 우리는 그중 가운데 있는 게르다. 안에 들어가 보니 비좁고 높이도 너무 낮다. 예약 때 사진으로 봤을 때는 강가에 멋지게 설치된 호화 텐트와 같았는데 텐트 안에 있는 편의시설이 엉성하다. 모든 게 공용시설로 되어있다. 화장실도, 샤워실도 3~4분 거리의 별도 건물에 있다. 불편했지만, 늦은 밤이라서 대충 씻고 일단 잤다.

오늘의 걷기: 12,868 걸음

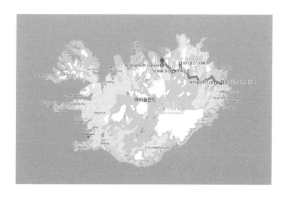

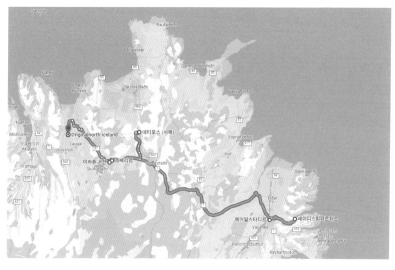

저널 51

크라플라와 고다포스, 제2의 도시 아쿠레이리
(8월 16일)

텐트 밖 물소리가 아침을 깨운다. 자연의 소리다.

몽골의 게르보다 비좁다. 몸이 찌뿌둥하다. 호화롭다는 글램핑치고는 부실하기 짝이 없다. 아이슬란드 숙박에서 실망한 첫 사례다. 이 정도 조건의 숙소로 다른 숙박지와 비슷한 가격이 이해되지 않는다. 사기당한 느낌이 살짝 들었다.

화장실과 샤워실이 모두 공용으로 별도 건물에 있다. 공용으로 쓰는 주방도 멀리 떨어져 있다. 시설도 부실하다. 그리고 숙소와 주차장도 각자 떨어져 있다. 이 모두가 서로 5분 이상 걷는 거리에 있어서 불편하기 짝이 없다. 아침에 숙박자 모두가 샤워를 포기한 것 같다. 일찍 탈출하는 게 목표인 듯 다들 서두르고 있다. 주변 경관이 좋은데도, 아침 산책을 하는 사람이 없다.

아침 식사를 위해 가건물의 공용주방으로 갔다. 프랑스 가족처럼 보이는 젊은 부부와 두 딸이 있다. 다른 한편에는 이탈리아 젊은 커플이 함께하고 있다. 간단히 아침을 먹는데도 복잡하다. 요리에 빠진 재료가 있으면 멀리 주차장이나 또 다른 편에 있는 숙소까지 왔다 갔다 해야 한다.

조식당 쪽 본부건물의 문 앞에 이탈리아 중년남성 5명과 아침 인사를 했다. 굿모닝, 본조르노! 일행 중 한 친구가 장난스레 "차오, 차오 (Ciao, ciao)" 하면서 몸을 좌우로 흔들며 인사를 한다. 얼굴에 장난기가 넘친다. 나도 웃으며 비슷하게 응대해줬더니 아주 좋아한다. 이 사람들은 밝게 떠드는 게 일상화되어 있다. 언제나 시끄럽고 즐겁다. 이 상황에서도 즐거움을 멈출 수 없는가 보다.

숙소를 빠져나와 크라플라(Krafla) 지역으로 차를 되돌렸다. 비티(Viti) 분화구를 보기 위해서다. 어제 일정이 빠듯해서 그냥 통과한 곳이다. 55분이나 돌아가야 해서 아침에 망설였다. 숙소가 예상보다 더 외진데 있어서 너무 멀리 왔다. 하지만 이대로 지나치기에 아쉬워서 결단을 내렸다. 멀지만 다녀오기로 했다.

비포장도로를 빠져나오는 데 주위가 아름답다. 어제는 어스름해서 보지 못한 것이다. 포장도로를 몇 번 갈아타서 87번 도로로 들어갔다. 달리다 보니 어제 놀라움을 줬던 검은 롤러코스터 길이 다시 나왔다. 도로가 검디검고 도로 밖 주위도 검다. 이 도로가 십여 개의 산등성 자락을 넘나들며 건너다보니, 오르락내리락 높은 경사가 반복된다. 하늘에 오르다가 땅속으로 들어가는 느낌이 반복되는 길이다. 기괴한 느낌이다. 이 도로를 우리는 '검은 롤러코스터 길'이라고 명명했다. 어제 저녁에 급히 숙소로 달리던 길이다. 늦어진 일정으로 숙소 가는 길에 마음이 급했었다. 그러니 어제 놀라며 즐겁게 지나던 이 길이 기억에 남지 않았다. 그리고 기억이 지금 다시 살아났다. 인생에서 우리가 기억하지 못하는 특별한 일, 사건이 얼마나 많은가. 여행에서도 그렇다. 여행은 공간 이동이지만 시간 여정이다. 그래서 여행의 기억은 어느 땐가는 잊혀진다. 그래야 한다.

고개를 넘으니 미바튼호수가 불쑥 나타났다. 내려서 호수 전망의 사진을 찍고 크라플라 산으로 달렸다. 어제 갔던 흐베리르를 거쳐 그 다음 도로에서 빠져나간다. 로컬도로를 타고 가는 길에 크라플라 지열발전소가 있다. 흥미롭다. 이 나라의 에너지가 거의 지열로 충당된다고 하던데 이러한 발전소가 어떻게 에너지를 이동시키는지가 궁금했다. 친환경 에너지임은 말할 것 없다. 처음 보는 발전시스템이어서 들어가서 보고 싶기도 했다. 실제 학생들이 견학하러 많이 올 거 같다.
발전소에 가까이 다가가니 긴 파이프가 도로를 지나간다. 차량이 통과할 수 있도록 파이프를 문처럼 구부려 놨다. "Stay on the road"라는

[그림 51-1] <크라플라 지열발전소>

문구가 적혀있다. 차에서 내려서 사진 찍고 어쩌고 하지 말라는 것이다. 지침대로 그냥 통과해서 산으로 올라가니 전망대가 있다. 전망대에서 지열발전소 전체가 내려다보인다. 주차장 한편에 지열의 분포, 발전의 방식 등을 설명해 놓은 안내 간판이 여러 개 있다. 설명이 상세하게 되어있어서 나중에 읽어볼 요량으로 우선 사진을 찍어 두었다.

가까이에 비티 분화구(Viti Crater)가 있다. 분화구 바로 아래에 있는 주차장에 주차하고 분화구로 올라갔다. 비티 분화구는 예상보다 크고 훨씬 더 아름다웠다. 물이 맑고 파랗다. 잔잔한 물결이 일며 투명한 물의 모습을 읽게 해준다. 그렇다면 수심이 깊어서 푸른색으로 보이는 것이다. 분화구 주위를 트레킹 하며 산책했다. 자연과 어우러진 자신을 보며 즐거움이 커졌다. 산 위의 시원한 바람에 내 얼굴이 씻긴다.

[그림 51-2] <선경 같은 비티 분화구 호수>

몸과 마음이 확 풀린다. 어제 숙소 텐트에서 쭈그러든 몸을 쫙 폈다. 여행의 자잘한 불편함을 다 털어냈다.

잘 왔다. 되돌아오는 게 번거로웠으나, 결국 자연의 선물을 받아가게 되었다. "미바튼의 명예회복!"이라고 아내와 얘기를 주고받으며 하산했다. 어제 미바튼 지역에서 날벌레의 공격에 재미가 반감되었었다. 그리고 허둥지둥하며 시행착오를 겪다 보니 관광이 제대로 되지 않았다. 우리의 경험이 그러하다 보니 이 북부 내륙지역의 명성만큼 즐기지 못하였고, 다소 실망했었다. 이제 그 실망이 사라졌다.

분화구 호수 입구 쪽으로 내려오니 젊은 학생 십여명이 몰려있다. 나이 지긋한 분이 이 분화구의 구조를 학생들에게 설명하고 있다. 자연스러운 미국식 영어로 말하는 걸 보니 미국대학 교수가 아닐까 싶다. 나보다 약간 더 나이가 들어 보인다. 미국 교수는 정년이 없다. 그러고 보니 젊은이들의 복장이 미국 대학생처럼 보이기도 한다.

이제 되돌아가서 고다포스(Godafoss)에 들려야 한다. 어제 머문 숙소에서 20분 정도의 거리였지만 한 시간으로 늘어났다. 열심히 달려가다가 고다포스가 내려다보이는 산 중턱의 작은 주차장소로 갔다. 오후 2시가 넘어서 점심 샌드위치를 차 안에서 먹었다. 차 안에서 내다보이는 폭포가 예쁜 그림엽서 같다. 비가 살짝 뿌리는 흐린 날씨가 분위기를 돋운다. 아내가 이곳을 "고다포스 뷰 레스토랑"이라고 이름을 붙인다. 아내의 등록상표다! 멀리서 보니 나이아가라폭포의 축소판이다. 나이아가라를 캐나다 쪽에서 바라보는 말발굽폭포와 똑같다. 어찌 보면 백악관 같기도 하다. 멋진 정경이다.

[그림 51-3] <멀리서 내려다보이는 고다포스> 나이아가라폭포와 유사한 모양이다.

고다포스는 단아한 폭포다. 아이슬란드의 늦여름 바람을 맞으며 폭포 가까이 갔다. 데티포스에 비해 규모는 작으나 물이 상대적으로 깨끗하고 안정된 느낌이다. 신의 폭포라는 뜻의 이름은 11세기 왕들이 기독교로 개종하면서 이전의 신상들을 여기에 갖다 버린 데서 유래되었다고 한다. 노르웨이에서 왔을 북구의 신 오딘과 요정 트롤들이 위력을 잃고 여기 폭포에 내던져졌나 보다. 고다포스는 격렬하지 않고 차분하고 안정된 모습으로 여기 남아있다. 아내는 이러한 고다포스가 특히 좋다고 한다. 아담하고 예쁜 여성적인 폭포다.

폭포 아래쪽에 가까이 접근해서 폭포를 정면으로 볼 수 있는데, 그 모양이 나이아가라폭포와 정말 비슷하다. 주위에 사람들이 즐거운 표정으로 폭포를 배경으로 사진을 찍고 있다. 아이슬란드에는 폭포가 많다. 그 규모가 대단히 크지는 않지만, 아이슬란드 특유의 날씨와 주위 풍광이 어우러져 독특한 느낌을 준다. 북위 65도 북쪽의 서늘한 날

[그림 51-4] <북부 피요르드만의 아쿠레이리>

씨에 폭포 앞에 서서 느끼는 설렘은 인생의 후반부에 가질만한 성숙한(mature) 감상이 된다.

아쿠레이리로 출발, 오후 3시다. 아이슬란드 제2의 도시라니 기대가 된다. 다시 복귀한 1번 도로를 달리는데 갈림길에서 유료도로와 무료도로가 갈린다. 차를 세우고 고민하다가 10여분 더 걸린다는 84번 무료도로를 타기로 했다. 해안도로 83번에 연결되어 아쿠레이리로 들어가기 때문에 드라이브 경관이 더 좋을 것이었다. 실제 좋은 선택이었음이 금방 확인되었다. 높은 고도에서 해안가를 향해서 내려가는 뷰와, 피요르드만 건너편에서 아쿠레이리를 보며 시내로 진입하는 재미가 커서 길어진 드라이브의 수고를 보상해주었다.

아쿠레이리(Akureyri) 시내로 들어와 게스트하우스에 체크인했다. 도심임에도 불구하고 모든 게 무인시스템으로 되어있다. 필요한 연락은

[그림 51-5] <하프나르거리-카우프방거리 교차로에서>

[그림 51-6] <하프나르거리 풍경>

이메일로 사전에 이루어지고, 그 외 새로운 연락은 직접 전화로 소통할 수 있다. 신뢰의 시스템이 잘 작동된다. 서로 믿고 예측가능한 서비스를 얻는다. 인구가 적은 아이슬란드에서는 여러 숙소에서 이런 방식의 비대면 접촉이 이루어진다. 특히 지금껏 머문 시골, 즉 광야의 숙소에서는 대부분 무인시스템이었다. 새로운 시대의 신뢰 기반의 시스템이 아이슬란드에서 작동하고 있다.

시내 가게에서 먹거리를 사려다가 내친김에 산책을 했다. 우리 숙소가 있는 카우프방거리(Kaupvangsstræti)를 내려가서 하프나르거리(Hafnarstræti)를 만났다. 이 두 길이 만나는 사거리부터 왼쪽으로 난 거리가 이 도시의 중심이다. 도심에 여러 조형물을 설치해서 여행자를 위한 볼거리로 제공하고 있다. 긴 수염을 한 트롤 모습의 바이킹 전사도 눈에 띈다. 반갑게 인사를 나누고 사진도 찍었다. 계속 걷다 보니 긴 머리로 얼굴을 뒤덮은 마귀할멈 모습으로

누더기를 입은 조형물이 길가
에 있다. 인공적이라고 할 수도
있겠지만, 정성스레 만든 것들
이어서 꽤 자연스러운 즐거움
을 선사한다. 예쁜 마을이다.

[그림 51-7] <카우프방거리의 무지개 길>

성 소수자를 포용하는 뜻의
무지개 길도 자주 눈에 띈다. 아
이슬란드는 개방적인 나라이다. 카우프방거리에서 해안으로 내려가는
길이 무지개길이다. 그 외에도 여기저기 무지개 길이나 건물이 보인다.

집에 다시 돌아와서 차를 몰고 쇼핑몰에 있는 식품점 네토(Netto)로
갔다. 쇼핑몰이 예상외로 크다. 제2의 도시답다. 아이슬란드에서 보기
힘들었던 패션 옷도 매장에 보인다. 아하 이곳도 이런 게 있구나 싶다.
네토에서 맛있는 것을 이거저거 많이 샀다.

독립 주방이 있어서 못할 요리가 없다. 그런데 프라이팬이 낡아서
쓸 수 없다. 주인에게 연락해서 사정을 얘기하니 곧바로 바꿔주겠다
고 한다. 남자 주인이 새것으로 가져왔다. 그렇게 대면접촉이 이뤄졌
다. 요리 재료 준비를 마치고 써보려 했더니 인덕션 용도의 팬이 아니
어서 쓸 수 없다. 우리가 다시 연락하고, 주인이 와서 또 확인하고, 다
시 인덕션용의 팬을 새로 구입해 오는 등등의 해프닝을 거쳤다. 그리
고 나서야 스테이크를 구웠다. 새로 지은 밥과 그 외 반찬도 있다. 행
복한 저녁이다. 인간의 행복은 본능의 충족에서 시작된다. 지금이 그
런 순간이다. 힘들게 구입한 맥주 한 병을 아내와 나눠 마셨는데 정신

이 몽롱하다. 날아갈 듯한 기분이다.

　마라톤 여행이 끝나간다. 아직 주요 여행지 몇 개가 남았지만 종반전이다. 앞으로 살아가면서 여행을 얼마나 더 할 수 있을지 모르겠다. 좀 더 자주 하는 게 어떨까, 어떤 방식으로의 여행이 더 좋을까 등의 얘기를 아내와 나누면서 나도 모르게 잠들었다. 나중에 더 얘기해 볼 일이다.

오늘의 걷기: 14,012 걸음

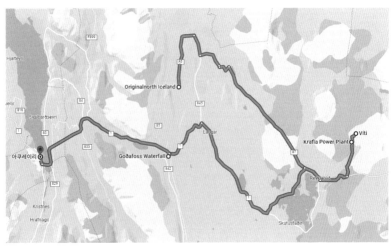

저널 52

**북서부 지역을 가로질러
키르큐펠에
(8월 17일)**

　오전에 아쿠레이리 시내를 산책했다. 어제와 마찬가지로 사람들이 여행의 즐거움으로 다소 들뜬 표정으로 걷고 있다. 날씨는 이미 가을에 들어선 듯이 쌀쌀하다.

　우선 숙소 바로 옆에 있는 아쿠레이리교회에 가서 기념사진을 찍고 아래 길로 내려갔다. 저 아래 내려다보이는 해안가에는 어제부터 정박해있던 페리 두 대가 눈에 들어온다. 부두에는 회색과 미색의 지붕으로 된 조립식 주택이 가지런히 들어서 있다. 이곳이 여행지이고 아이슬란드임을 알려주고 있다.

　도시의 거리는 어제보다 차분하다. 사람들이 다소 적고 날씨가 흐린 탓인지 한산한 분위기다. 아이슬란드가 이미 높은 북쪽 위도에 있지만, 그중에 또 북쪽에 있는 아쿠레이리에 걸맞는 분위기라는 생각을 해보게 된다. 우리의 여행도 얼마 남지 않아서 일순 허전함을 느꼈다. 반면에 긴 여행에서 지친 마음도 한편에 있다.

중심가인 하프나르 거리까지 내려오니 북유럽 계통의 단체관광객이 보인다. 페리에서 내린 관광객이 틀림없다. 그들의 여유로운 표정에서 우리도 기운을 얻었다. 다시 힘을 냈다. 길가 노천 좌석에서 아침 커피를 마시는 사람도 여유롭게 앉아있다.

[그림 52-1] <밤새 정박 중인 페리>

[그림 52-2] <페리에서 내린 아침 관광객들>

오늘은 드라이브 날이다. 아이슬란드 북부의 절반을 서쪽으로 쭉 달려야 한다. 체력 충전을 위해 아침에 늦게 일어났다. 구름이 낀 운전하기 좋은 날이다.

눈앞에 쫙 펼쳐진 대자연의 풍경(landscape)이 정말 멋지다. 장대한 아름다움을 보여준다. 한 시간을 달리는데 주위 풍광은 위용을 뽐내고 길은 편안하다. 반전이다. 북쪽 길이 이럴 줄 몰랐다. 북쪽 길이 더 편안하고 더 현실의 지구와 같다. 한국인의 습관적 사고로 북쪽은 더 험하리라 생각했다. 그게 고정관념이 아닐까.

앞차가 양들을 피해 속도를 늦추고 뒤따르던 차도 속도를 늦춘다. 다행이다. 더 달리다가 아내와 교대했다. 그리고 멋진 풍광은 계속된다. 길 주변에 계속 하천이 있다. 물이 많은 나라다. 그 많은 물이 어디서 오는지 신기하다.

우리의 1번 도로가 도시를 관통하기에 주유도 하고 점심을 먹었다. 블뢴뒤오스(Blönduós)라는 항구도시다. 도시 입구에 있는 N1주유소에서

[그림 52-3] <북서부 내륙의 편한 길> landscape가 멋지다.

주유를 풀로 하고 커피쿠폰으로 커피도 받았다.

점심 장소를 찾기 위해 시내 안쪽으로 들어갔다. 만 안쪽 내해가 보이는 빈 주차장을 발견했다. 비가 살짝 뿌리는 차창 밖을 보며 차 속에서 점심을 먹었다. 바게트 샌드위치와 어제 남은 우유, 조금 전 받아온 커피가 전부다. 그래도 맛있다. 도시가 아주 이쁘지는 않지만 나름의 정취가 있다. 차 밖으로 나와서 심호흡 한번 하고 사진 몇 컷을 찍고, 다시 출발했다.

오른쪽에 보이는 북쪽 바다는 조용하다. 그린란드해에서 북극해까지는 해류의 영향을 받지 않기 때문이다. 아니면 만으로 들어온 바다라서 그런가 싶기도 하다. 파도가 없다. 북쪽 도시의 모든 항구가 평화롭다.

1번이 내륙으로 들어가고, 우리는 68번으로 갈아타서 다시 북쪽으로 향했다. 스나이펠스네스반도의 북쪽을 달리는 54번 도로로 들어가기 위해서는 먼저 59번을 타야 하기 때문이다. 드디어 59번을 만났다. 서쪽으로 방향을 틀어 59번에 진입하자마자 비포장도로로 바뀌었다. 어 뭐지? 길이 망가져서 공사 중인가? 그런데 그 상태가 아주 거칠다. 4~5분을 달려도 검은색의 흙과 자갈이 뒤범벅된 엉망진창의 길이다. 차를 세웠다. 멀리 내다봐도 같은 상태다. 문제는 덜컹거림이 너무 심하다는 것이다. 당황했다. 날씨가 잔뜩 찌뿌려서 우리 마음을 더 불안하게 한다. 오후 4시다. 시간이 애매하다. 일곱시 쯤에 문 닫는 슈퍼에 당도하기에는 시간이 빠듯하다. 오늘 저녁과 내일 아침 먹거리를 사야 한다. 오늘의 숙소가 스나이펠스네스반도 끝 지점의 시골 들판에 고립된 곳이기 때문이다.

걱정과 고민으로 급히 구글 검색을 해보니 59번과 54번이 비포장도로라는 정보가 있다. 확실치는 않으나 그대로라면 큰일이다. 되돌아가서 1번을 타야 하나? 선택의 순간이다. 그대로 강행하기로 했다. 이제야 차를 되돌리면 너무나 지체가 된다. 이 길을 얼마나 빨리 안전하게 달릴 수 있을지가 관건이다.

험한 길이어서 운전을 내가 하기로 했다. 차가 덜컹거리는 정도가 심해서 운전하면서도 계속 걱정된다. 공사 중인 트랙터 같은 차를 여러 대 지나쳤다. 겁이 났다. 저런 큰 차만 다닐 수 있는가 본 데 우리가 무리하는 게 아닐까. 천만다행으로 십분여 후에 도로상태가 다소 좋아졌다. 이대로라면 해볼 만하다 싶었다.

30분 만에 포장도로로 바뀌었다. 와, 다행이다. 괜히 걱정했다며 우리의 탁월한 선택이 어쨌다는 둥 얘기하며 달렸다. 신나서 달리는데 또 30분 만에 비포장도로로 바뀌었다. 다시 당황했다.

어릴 적 덜컹거리던 버스가 생각났다. 시골을 달리던 버스 길, 신작로는 모두 진흙땅 위에 자갈을 덮어 깔아서 차가 다닐 수 있게 만든 길이었다. 그러니 덜컹거릴 수밖에 없다. 이른 아침에 시내로 가는 버스를 타면 중학교 1학년부터 고등학교 3학년 학생까지 꽉 찬다. 키가 작은 중1의 어린 학생들은 위가 보이지 않는 숨 막히는 상황에서 버텨야 한다. 버스의 덜컹거림이 그나마 숨을 쉴 공간의 틈을 만들어준다. 우리가 북한보다 못살던 가난한 시대였다. 버스가 하루에 몇 번밖에 다니지 않으니 엄청 많은 사람이 탈 수밖에 없다. 숨 막힐 정도로 많은 형과 누나들이 탄 등굣길 버스가 군데군데 패여서 물이 고여있는 신작로 길을 달리면, 배가 아플 정도로 덜컹거려서 온몸이 땀으로 범벅이 되었다. 지금도 눈에 선하다.

주위 풍광이 언뜻 황량하다. 비포장도로 주위가 전형적인 아이슬란드 시골 풍경이다. 짙은 초록의 밭, 아마도 건초용 풀을 재배하는 밭인 듯한데 자주 보인다. 주위에 낮은 땅과 하천이 계속된다. 아주 간혹 나타나는 농가가 고립되어 보인다.

다시 포장도로를 만났다. 54번과 89번 갈림길이다. 54번을 계속 타면 스나이펠스네스반도 북쪽으로 계속 간다. 그러나 우리는 89번을 타고 방향을 틀어 스티키스홀무르(Stykkishólmur)로 향했다. 스티키스홀무르에 있는 보너스(Bonus)라는 슈퍼마켓에 여섯시쯤 도착했다. 일곱시까지 문을 연다. 서둘러 삼겹살과 우유 등 먹거리를 샀다. 지도에 등대하우스가 있길래 도시 끝까지 들어가 봤다. 해변의 바위산 위에 등대가 있다. 경치가 좋다. 멀리서 간단히 사진 찍고 다시 돌아 나왔다. 바다전망이 좋을 거 같다.

오는 길에 토르의 신전이 있다는 헬가펠(helgafell)에 들렀다. 가보니 아무도 없다. 작은 동산이다. 무인시스템의 입장료가 있다. 잠시 머뭇거리다가 그대로 되돌아 나왔다. 꼭대기까지 올라가 볼 시간이 없으니 입장료 내고 중간까지만 보는 것이 아까웠기 때문이다.

그렇게 89번을 다시 내려와서 54번으로 합류했다. 자, 이제 54번을 타고 키르큐펠(Kirkjufell)이 있는 오늘의 숙소까지 곧바로 달리면 된다. 포장도로를 신나게 달리다 보니 어느 순간 비포장도로로 다시 바뀌었다. 당황하지 않았다. 익숙해졌다. 도로상태도 괜찮으니 문제가 될 게 없다. 뭐든지 익숙해지면 쉬워진다. 마음이 대비되어 있기 때문이다.

[그림 52-4] <검붉은 토양과 연노란색의 이끼와 검은 산>

스나이펠스네스 반도의 풍광은 현실과 비현실이 뒤섞여있다. 빙하에 깎인 듯 멋진 산과 초록 풀밭이 어우러진 지구 자연의 아름다움을 보여주다가, 화성이나 외계 어느 곳을 연상시키는 낮고 검고 하얀 이끼의 땅을 종종 보여준다. 아내가 계속 감탄을 한다.

어느 순간에 산 중턱 흙길로 바뀌었다. 오른쪽에 북쪽 바다를 끼고 구불구불 달리다 보니, 항구도시 그룬다르피요르뒤르(Grundarfjörður)가 보인다. 그리고 키르큐펠이 나타났다. 멋진 드라이브 길이었다. 키르큐펠은 종처럼 생긴 바닷가 산이다. 독특한 모습으로 관광객을 불러 모은다. 어스름한 시간에 도착했지만 아직까지 해가 있다. 길가의 주차장에 차를 세우고 키르큐펠을 사진에 담았다. 멋지다. 작은 반도처럼 삐죽 나온 평지에 키르큐펠이 홀로 서서 있다. 내륙 쪽에 더 큰 산이 있지만 키르큐펠은 독자적인 자태를 뽐낸다.

우리 숙소에 가는 길을 잘못 알고서, 키르큐펠 산 밑자락까지 차를

[그림 52-5] <키르큐펠>

몰고 갔다. 덕분에 가까이서 이 신기한 산을 더 잘 볼 수 있었다. 다시 되짚어 나와서 또 하나의 조그만 반도로 들어갔다. 여기 말목장 있는 곳에 우리 숙소가 있다. 작은 만의 바로 건너에 키르큐펠이 있다. 놀랍다. 숙소 안방 침대에서 전면에 키르큐펠이 크게 바로 앞에 있듯이 보인다. 놀라운 장면이다. 독립 오두막(cottage)의 사면이 통창으로 되어있어서 주위 사방이 그대로 시야에 들어온다. 키르큐펠, 바다, 육지 쪽의 큰 산들이 모두 우리 오두막을 중심으로 사방에 자리 잡고 있다. 그리고 인적이 없다. 우리가 알아서 열쇠를 찾아서 들어왔다. 멀리서 말들이 한가로이 노닐고 있다. 자유와 해방감을 집에서 만끽할 수 있다. 아름다운 자연과 함께 주위에 아무도 없다는 것이 더욱 큰 즐거움이다.

[그림 52-6] <숙소에서 본 키르큐펠>

　오늘은 온종일 드라이브만 했다. 하루 이동거리가 400킬로가 넘었다. 내륙의 수려한 경관을 달리는 평평한 길, 북쪽 바다를 끼고 달리는 평지와 산악의 길, 그리고 산 중턱을 끼고 도는 흙길 등을 번갈아 가면서 달렸다. 거친 비포장도로가 번갈아 나타나서 당황했고 흐리고 비 뿌리는 날씨에 긴장했다. 자동차여행의 반전과 즐거움이 가득한 날이었다. 아이슬란드 북서쪽의 자연을 가로질렀다.

오늘의 걷기: 7,055 걸음

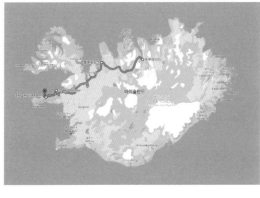

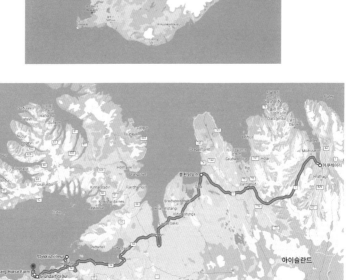

저널 53

스나이펠스네스반도를
넘어 레이캬비크 귀환
(8월 18일)

    밤새 비가 뿌렸다. 아침 산책을 나섰다. 키르큐펠이 반가이 인사한다. 키르큐펠은 바다 연안에 똑 떨어져 있는 종처럼 생긴 산이다. 풍채가 멋있다. 이른 아침에 더 멋지다. 얇은 구름이 종모양의 꼭대기에 살짝 걸쳐 위쪽으로 뻗어있다. 머릿발이 위로 바람에 날리는 듯하다. 신

[그림 53-1] <아침의 키르큐펠> 스위스의 마터호른을 연상시킨다.

비롭게 보인다. 내륙 쪽 더 큰 산들에는 중턱에 구름이 걸쳐있다. 그들도 멋지다. 아침 인사를 나누었다. 내 몸의 기가 살아났다. 아침의 정기를 듬뿍 선물로 받았다. 이런 기분을 더 갖지 못할 테니 아쉽다.

근처의 오두막 1호와 3호 숙박객 모두 일찍 나갔다. 이 들판에 아무도 없다. 우리뿐이다. 자유롭다. 우리 숙소는 사방에 다 낮은 유리창이 있다. 자연을 안방에 누워서도, 화장실에 앉아서도, 그리고 식탁에 앉아서도 밖이 보이고 밖에서도 안쪽이 다 보인다. 집이 밖의 대자연과 그대로 연결되어 있다. 특이한 집이다.

인간의 자유 중에 절반은 타인의 시선으로부터의 해방에서 온다. 어제저녁의 해방감이 이 순간에 완결되었다. 모든 창문 커튼을 걷어버리고, 자연을 맞아들이며 벌거벗고 샤워하고 돌아다녔다. 한참 있다가 어디선가 주인장 안나 도라 아주머니가 나타났다. 1호집으로 들어간다. 점검차 왔나 보다. 다 보여줄 뻔했다. ㅋㅋ

가장 늦게 퇴실하며 주위 풍광을 다시 돌아보고 출발했다. 이제 레이캬비크로 돌아간다. 어제 그냥 지나쳤던 그룬다르피요르뒤르에 다시 가봤다. 소박한 항구도시다. 부두 쪽에 페리가 정박해있다. 이 나라에는 페리가 많다. 부두 사진 몇 장을 찍고 차를 돌렸다.

54번을 타고 스나이펠스네스반도를 가로질러 높은 산을 넘었다. 어제처럼 비포장도로가 나올까 봐 걱정되었으나 다행히 잘 포장되어 있다. 54번은 괴상한 도로다. 여러 지역을 이어주는 중요한 도로이면서도 아직껏 비포장도로로 남아있는 부분이 많다. 오프로드는 특정 외

[그림 53-2] <스나이펠스네스 반도를 넘는 54번 도로>

진 지역에만 가는 도로이기 때문에 비포장도로다. 54번이 오프로드는
아니지 않은가.

어쨌든 스나이펠스네스반도 서쪽 지역을 무사히 넘었다. 반도의 남
쪽으로는 평야 지대다. 54번 도로가 갑자기 주행이 편한 평야 속을 달
리는 길로 바뀌었다. 평야 끝에 저 먼 왼쪽 편에는 수려한 산들이 계속
되고 있다. 산의 모습이 패션모델 같다. 자태가 맵시가 있다. 도로 좌
우에 펼쳐진 평지가 넓고 끝이 없이 계속된다. 왼쪽 산도, 오른쪽 바다
도 모두 멀리에 있다.

스나이펠스네스반도가 내륙에서 분리되는 지점까지 동쪽으로 달
리고 나서 남쪽으로 방향을 틀었다. 이제 남쪽 레이캬비크 방향으로
달린다. 남쪽으로 가는 길에도 평야는 계속된다. 평야가 더 넓어졌다.
주행 도로는 편안하다. 길이 넓고, 높낮이 없이 평지를 계속 달리기 때
문이다. 두시간이 채 남지 않은 마지막 주행 길에서 아내와 그간의 자

동차여행에 대해서 소회를 나누었다. 아내도 주요 운전자로서 이 여행을 충분히 즐겼다고 한다. 그렇다. 여행지의 구석구석까지 직접 다니면서 보고 즐길 수 있는 게 자동차여행이다. 직접 체험이 만들어지는 것이다.

중간도시 보르가르네스(Borgarnes)에서 주유하고, 배가 고파서 치킨을 시켜 먹었다. 꽤 큰 도시다. 이제 54번이 끝나고 1번으로 합쳐지는 곳이다. 54번이 스나이펠스네스 반도에서 얼마나 중요한지를 알 수 있었다.

레이캬비크까지 한 시간 남았다. 전혀 예상치 못했던 해저터널을 통과했다. 지도를 보고 꽤 큰 만을 건너는데 해상 다리로 가는 건 줄 알았다. 매우 긴 해저터널이다. 이 나라의 교통인프라의 정점이다.

드디어 레이캬비크 숙소에 이르렀다. 세시반이다. 아이슬란드 해안선을 따라 일주하는 9일간의 자동차여행이 끝났다. 렌터카 반납은 내가 머무는 집의 주차장에 놔두면 된다. 차량 내에 열쇠를 놔두고 사진을 찍어서 주소와 함께 렌터카 회사로 보내주면, 자기들이 나중에 알아서 픽업한다고 한다. 신뢰의 사회다. 이 나라가 섬으로 고립되어 있기에 차량도난이 잘 발생치 않는다고 볼 수도 있겠지만, 안전과 신의가 전제되지 않으면 이런 식의 차량반납이 불가능할 것이다. 아니면 인건비가 비싸서 시스템으로 대체하는 것이 더 효율적이기 때문일 수도 있겠다. 여하튼 신기하다.

이번 여행의 절반인 30일 동안 자동차를 몰며 돌아다녔다. 힘들고 바쁜 일정이었다. 그리고 많은 새로운 세상을 만났다. 프랑스의 자연과 아이슬란드의 자연을 누비며 아내와 둘이서 함께한 시간 여행이었다. 태고의 모습을 띤 자연을 만나기도 하고 오랜 역사의 증거물을 보기도 했다. 허전함과 개운함이 교차한다. 내가 주도하는, 미지의 곳을 직접 찾아가는 자동차여행이 마무리되었다. 그만큼 위험을 품고 있는 자동차 주행을 무사히 마쳤다. 대견하다. 당연히 아내와 하이파이브를 했다.

레이캬비크에서는 에어비앤비 숙소에서 3박을 한다. 주인이 직접 나와서 열쇠를 넘겨줬다. 30대 후반의 젊은이다. 집이 멋지다. 원래 본인이 사는 집 같다. 내부 장식과 가구, 주방용품까지 북유럽 특유의 모던 디자인의 멋이 잘 배어있다. 게다가 숙소가 높은 층이고 모서리 창으로 되어있어 시원하고 전망이 좋다. 좋은 기거장소를 갖게 되어 기분이 좋다. 인근 슈퍼에 가서 오늘 저녁과 내일 먹거리를 잔뜩 사서 냉장고에 넣어 놓았다. 뿌듯하다. 여행 중에 부실한 식사가 많았는데 아쿠레이리부터 숙소 여건이 좋아져서 제대로 된 식사를 하는 중이다. 여기 머무는 기간도 그럴 것이다. 좋은 일이다.

이제는 쉬어야 하지만 숙소 바로 옆에 할그림스키르캬(Hallgrimskirkja)가 있으니 쉽게 가볼 수 있다. 키르캬는 교회라는 뜻이다. 할그림스교회는 모두가 말하는 레이캬비크의 상징이 되는 곳이다. 곧바로 교회를 향했다. 우리 숙소는 교회 뒤쪽에 있다. 집 앞 레이파가(Leifsgata) 거리로 나오자마자 교회 뒤쪽의 돔이 시야 정면에 서 있다. 교회에 다가갈수록 멋진 외형이 드러난다. 돔이 있어서 언 듯 보면 성당 같기도 하다. 교회 정문 쪽으로 돌아가니 할그림스키르캬의 크고 시원한 건축이 한 눈에 들어온다. 멋지다. 첨탑같이 생긴 꼭대기 십자가에서부터 좌우로 늘어뜨린 모양의 파이프오르간 모습이 파사드를 이루고 있다.

[그림 53-3] <레이캬비크의 상징, 할그림스키르캬>

독특한 조형미를 보여준다. 사람들이 여기저기서 건물 사진을 찍고 있다. 교회 안에 들어가 보니, 아닌 게 아니라 대형 파이프오르간이 있다. 내부 공간과 천장 구조는 고딕식 대성당과 유사하다. 바실리카보다 규모가 약간 작을 따름이다. 그리고 한쪽에는 성모 채플까지 있다. 아무래도 가톨릭교회의 영향을 완전히 벗어나진 못한 것 같다. 성공회나 유럽의 루터교회와 같은 정도의 신교가 아닌가 싶다. 나중에 아이슬란드의 기독교 역사에 대해 알아봐야겠다.

내일 새벽에 가야 할 버스터미널까지 걸어가 보았다. 유비무환이다! 십 분 정도 걸리는데 길이 어렵지 않다. 한결 마음이 놓인다. 그리고 숙소에 돌아와 저녁을 차려서 먹었다. 스테이크도 준비하고 맥주 한잔도 곁들였다. 즐거운 다이닝이다. 레이캬비크 숙소가 마치 우리 집 같다. 마음이 편안해졌다.

오늘의 걷기: 9,244 걸음

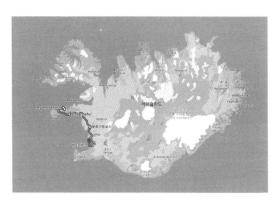

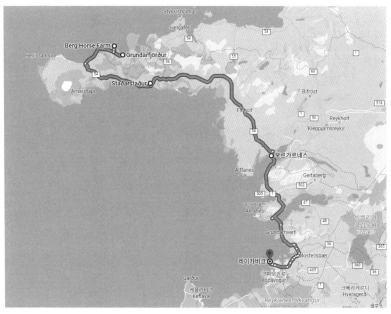

저널 54

하이랜드
란드마나라우가르 트레킹!
(8월 19일)

오늘은 아이슬란드 내륙의 란드마나라우가르(Landmannalaugar)에 가서 트레킹 하는 날이다. 오프로드를 타야 하고 거리가 멀어서 버스로 이동한다.

새벽에 일어났다. 생수를 끓여 컵라면으로 아침을 대신했다. 수돗물에서 유황 냄새가 많이 나서 오늘부터 생수를 먹기로 했다. 지난 며칠 동안은 수돗물에 아무 문제가 없었는데, 레이캬비크가 더 화산지대인가 보다. 새벽 시간의 여명이 하루의 기분을 일깨워준다. 예감이 좋다.

[그림 54-1] <레이캬비크의 새벽 여명>

서둘러 집을 나섰다. 어제 사전답사를 했던 길로 씩씩하게 내려갔다. 란드마나라우가르 여행이 시작되었다. 다음은 차량 이동 중에 실시간으로 틈틈이 적은 것이다.

버스터미널에 일찍 7시 출발하는 레이캬비크 익스커젼(Reykavik Excursion) 버스를 타러 숙소에서 걸어갔다. 6시50분에 도착했는데 두 사람이 함께 앉을 좌석이 없다. 어쩔 수 없이 아내와 떨어져 앉았다. 옆 좌석에 장년의 한국인이 타서 이런저런 대화를 나누었다. 아이슬란드에 처음 왔는데 란드마나우가르에서 3박 일정으로 트레킹 할 계획이라고 한다. 와, 그거도 괜찮겠다. 평소 트레킹 여행을 자주 다니는 모양이다. 아이슬란드에 대해서 내가 아는 바대로 간단히 설명해주었다.

버스가 출발한다. 1번 도로를 타고 남쪽 도시 셀포스(Selfoss) 쪽으로 달린다. 아이슬란드 전역을 1번 중심의 링로드를 타고 돌았으면서도, 여기는 미처 달려보지 않은 길이다. 첫날 레이캬비크에서 씽벨리어 국립공원으로 가기 위해서 36번을 타고 내륙으로 들어갔기 때문이다. 레이카비크에서 남쪽으로 가는 1번 도로 양쪽으로 평온한 평지가 있다. 이제 보니까 아이슬란드 섬의 서해안 쪽 1번 도로는 모두 평야지를 지난다. 어제 레이캬비크로 귀환할 때 북쪽에서 내려온 1번 도로도 평야지를 관통했었다. 비슷한 길이다.

삼십분 정도를 지나서 작은 바위들을 뒤덮은 이끼의 땅이 나타났다. 초록색 이끼여서 친근하다. 넓은 평지에서 초록색을 띤 이끼가 검은색의 바위를 덮고 있다. 이제 익숙한 장면이다. 옆좌석의 한국 분이 깊은 인상을 받은 것 같다. 멀리 지열발전소가 보인다. 연기와 건물이 함께 있다. 발전소가 없는 간헐천 연기만 군데군데 나는 곳도 있다. 아이슬란드는 화산의 나라다.

　한 시간 만에 셀포스를 만났다. 도시를 통과해서 버스는 계속 1번을 타고 헬라(Hella)를 향해 달린다. 낮은 경사의 평지가 계속된다. 아이슬란드에서 가장 평범한 길처럼 보인다. 그러나 넓은 평지를 이루고 있어서 주민들이 살기에 좋을 것이다. 아직 우리가 둘째 날 1번 도로에 합류한 지점까지는 못 갔다. 이렇게 넓은 평원이 있는 줄 몰랐다. 아이슬란드 남서부 평원이다. 넓은 목초지와 가끔 보이는 수확기가 끝난 밭도 있다. 무엇을 재배했을까 궁금하다. 곳곳에 양들이 많다. 평화로운 시골의 모습이다.

　헬라에 들어와서 30분간 정차했다. 휴식과 아침 커피를 사라고 시간을 줬다. 헬라를 다시 출발하여 달린다. 드넓은 평야의 목초지가 계속되는데 산이 없다. 아홉시쯤 26번 도로에 들어가서 내륙으로 향한다. 광활한 평지가 계속되고 있다. 보기에는 밋밋하다.
　아홉시반에 26번을 벗어나 란드마나레이드(Landmannaleið) 길에 들어갔다. 온전한 오프로드다. 들어서는 순간부터 "드드드드" 하면서 버스 전체가 엄청나게 덜컹거린다. 깜짝 놀랐다. 어릴 적 신작로를 달리던 버스보다 더 덜컹거린다. 아니 그 정도인데 나이가 들어서 더 덜컹거리는 것처럼 느낄 수도 있겠다.

　황량한 자갈 바위의 들판, 하얀 이끼로 뒤덮인 들판, 날카로운 검은색 바위산, 그리고 이들이 뒤섞인 광야가 반복된다. 옆의 동승자가 달나라 같다고 한다. 그렇다. 달나라가 되었다가 우주 행성이 되었다가,

[그림 54-2] <란드마나레이드 오프로드 주위의 황야>

지구 어느 곳의 황야(황무지)가 되기도 하며 끊임없이 변한다. 탑승자들 모두가 같은 마음으로 차창 밖을 내다보며 구경하고 있다.

　　오프로드 90분거리 중 절반 정도를 달리니 길이 조금 평탄해졌다. 자갈(돌)이 없고 흙으로 된 땅이다. 10시19분에 첫 도강을 했다. 강이 얕아서 쉬운 일이다. 주위에 진한 연초록색 이끼로 뒤덮인 산이 보이기 시작하더니 점차 초록의 세상이 되었다. 그래서 지도에 이 부근이 초록색으로 되어있나 보다. 눈이 편해졌다. 어느 순간 F208번을 타고서 프로스타다호수에 이르렀다. F자가 붙는 도로는 모두 오프로드다. 호수를 끼고 계속 달렸다. 호수와 산이 장관이다.

　　란드마나라우가르에 11시6분에 도착했다. 일반 차량과 텐트가 많다. 도강을 못 하고 입구에 주차해놓은 차까지 합하면 상당히 많은 사람이 이곳을 찾았다. 넓은 공터에 텐트가 쳐있는 걸 보면 누구나 여기서 며칠씩 머물 수 있는 모양이다.

점심 샌드위치를 꺼내서 미리 먹었다. 안내소에 들러서 우리에게 적절한 트레킹 길을 확인했다. 우리에게 세 시간 남짓 있다. 환경보전을 위한 약간의 기부금을 냈다. 의무는 아니지만 내고 나니 기분이 좋다. 드디어 11시50분에 트레킹을 시작했다. 출발이 좋다.

언덕을 오르니 검은 현무암 지대가 나타났다. 온통 검은 바위다. 검은 세상이다. 데티포스의 황야에 있는 검고 짙은 회색 바위와 다른 완연한 검은색 바위들이다. 색깔로는 레이니스피아라의 검은 모래에 더 가깝다. 트레킹 길 바로 옆에 바위들이 있어서 자세히 볼 수 있다. 현

[그림 54-3] <검은 현무암 지대>

무암 특유의 비틀림이 독특한 분위기를 만든다. 깨진 바위도 많이 있는데 깨진 단면이 까만 유리같이 반짝거린다. 만져보니 매끈매끈하다. 기분 좋다. 자연을 직접 만지면 느낌이 좋다. 이 기괴한 지형의 내면을 직접 터치하는 것이어서 더 그렇다. 어릴 때 깨진 넓적 돌이나 사기그릇 조각으로 빠끔살이를 하던 기억이 났다.

현무암 지대 끝에 이르니, 옅은 붉은색의 흙에 초록색의 선이 쭉쭉 그어진 산이 눈앞에 나타났다. 멋지다. "세잔 그림 같네!" 아내의 일성이다. 그렇다. 세잔의 생-빅투아르 산을 여기에 옮겨놓은 거 같다. 세잔이 봤으면 놀랄 수밖에 없을 것이다. 자신이 실제 그린 산이 이만큼 크고 아름다울 수 없을 것이니 말이다. 그의 산보다 더 거대하고 게다가 외계와 같은 모습을 담고 있는 산이니, 세잔이 이 산을 만났으면 어떤 터치를 만들어냈을까 궁금하다.

[그림 54-4] <란드마나라우가르의 산>

[그림 54-5] <세잔의 생-빅투아르 산> 오르세미술관에 전시되어 있다.

처음보는 경이로운 풍경에 눈이 휘둥그레진다. 장대하고 아름답다. 검은 바위 지역이 완전히 끝나고 큰 개활지에 이르자 그 끝에 서 있는 세잔의 산들이 유화인 듯, 사막 끝 모래 바위산인 듯 멋지게 자신을 드러냈다. 아까보다 더 가까이 보니 외계의 느낌이 더욱 강렬하다. 지구상 어디에도 없는 그림이다. 자연이 보여주는 마술이다. 환영이다.

개활지의 평지를 걸었다. 앞에 놓인 산들과 평지의 흙에 피어있는 들꽃이 조화를 이룬다. 이런 곳에 들꽃이라니. 자세히 보니 목화같이 조그만 열매가 터져서 꽃처럼 보이는 거였다. 그래도 조그만 하얀 꽃과 같다. 그래서 이곳 길의 표지목의 색을 하얀색으로 정했는가 보다.

아까와 달리 편하고 여유로운 산책길이다. 트레킹 코스의 부표를 따라 걷다 보니 안내소에서 가르쳐준 초록과 하양의 갈림길이 나온다. 초록을 따라야 한다. 흰색은 이 들판을 계속 따라가는 코스다. 우리는 왼쪽으로 방향을 틀어 산으로 올라간다. 브레니스타인살다(Brennisteinsalda) 산이다. 산의 아래쪽이 실제 초록이다. 초록색 이끼로 뒤덮여있다.

산이 꽤 높아 보인다. 의지를 다지며 오르는 길에 들어섰다. 오르는 길은 가파르지만, 진흙에 가까운 흙길이어서 어렵지 않았다. 아이슬란드에서 이처럼 부드러운 흙은 처음 밟아본다. 바위가 거의 섞이지 않아서 흙바닥의 쿠션이 느껴지는 등산로이다. 오르막길이 끝이 없다. 아래에서 보이던 곳이 끝이 아니었다. 원래 등산이 그렇듯 계속 높은 봉우리가 나온다. 까먹었었다. 그래도 어렵지 않다. 내가 건강해졌다. 씩씩하게 올라오는 아내도 건강해졌음이 분명하다.

높아질수록 변하는 주위 풍경을 보고 찍고 즐기면서 올라가니 시간이 더 걸린다. 란드마나라우가르의 외계적인 아름다움이 사방에서 발길을 붙잡으니 어쩔 수 없다. 우리만이 아닌 모두가 세상에 없을듯한 아름다움에 빠져있다. 정상에 올라 사방을 보니 광대하다. 어디에도 없는 자연의 란드마나라우가르가 시야에 다 들어온다. 강한 산정상의

[그림 54-6] <브레니스타인살다 정상에서 본 란드마나라우가르 Landscape>

바람까지 어우러져 호연지기를 불러일으켜 준다. 호연지기! 중고시절 배우던 멋진 말이 자연스레 떠오른다.

이제 하산할 시간이다. 아내가 어려워하는 거다. 나는 등산이 힘들고 아내는 하산이 힘들다. 그런데 이제 나도 무릎이 아파서 하산이 조심스럽다. 무릎보호대를 단단히 하고 왔기에 그나마 좀 나은 편이다. 둘이 손잡기도 하고 서로 돌봐 주고 조심하면서 서둘러 내려왔다. 드디어 큰 산등성을 다 내려와서 평지가 나타났다. 사람들이 여기저기 바위에 걸터앉아서 간식을 먹고 있다. 우리도 남은 음식을 꺼내 먹었다.

잠깐 쉬고 계속 하산했다. 다시 경사가 꽤 가파르다. 주황색 표지판을 놓치지 않으려 애쓰며 내려왔다. 또다시 현무암 지대의 안으로 진입하였다. 아까와 다른 쪽의 길이니 풍광도 다르다. 이쪽엔 화산 연기

[그림 54-7] <반대쪽의 검은 현무암 지대>

까지 뿜어져 나온다. 반대쪽보다 더 활성화된 현무암 지대이다.

서둘러 이 지대를 통과하니 첫 모임의 공터가 보인다. 무사히 3시에 돌아왔다. 잘 해냈다. 아내와 하이파이브를 했다. 2~3시간 등산길이라는데 우리는 꼭 3시간 걸렸다. 그래도 우리 나이에 이 정도면 잘한 거다. 귀환 버스가 3시45분에 있으니 시간 여유가 있다. 기분이 좋다.

돌아올 때도 오프로드에서 버스가 요란하게 덜컹거린다. 귀가 먹먹할 정도로 시끄럽게 덜덜거리지만, 이제 어느 정도 익숙해졌다. 차창 바깥으로 눈길이 간다. 초록 지대가 끝나고 나서는 온통 짙은 회색의 흙과 바위뿐이다. 지구 아닌 듯 황량함의 극치다. 차량 도로가 주변의 메마른 땅과 별 차이가 없다. 털털거리는 버스가 가끔 길옆으로 빠

[그림 54-8] <흙과 모래 먼지의 란드마나레이드 오프로드>

져서 달린다. 덜 털털거리는 길을 찾는 거다. 버스를 비켜서 지프차와 오프로드용 세단이 지나간다. 서로 먼지를 뿜어대며 교차하기에 온통 먼지투성이다. 이 와중에 버스 안의 사람들은 자거나 졸고 있다. 다들 피곤한 모양이다.

한시간반이나 달려서 오프로드가 끝나고 26번 도로에 들어섰다. 남쪽으로 달려서 30분 만에 1번 도로로 합류했다. 이대로 한 시간을 쭉 달리면 된다. 피로가 밀려온다. 어서 집에 가서 쉬고 싶다. 전형적인 아이슬란드 도로가 눈앞에 있다. 지난 일주일여의 드라이브가 떠오른다. 벌써 아득하다. 기억이 아련해졌다. 곧 대부분 잊혀지리라. 그리고 기억의 잔상만이 오래도록 남을 것이다. 오늘의 이 감흥과 같은 것이 더 옅게 내 몸에 남겨질 것이다.

아무런 생각 없이 물끄러미 차창 밖을 보고 있었다. 옆자리의 아내는 피로로 인해 아까부터 졸고 있다. 버스 안의 대다수 사람이 졸거나 자고 있다. 트레킹으로 나른해진 몸이 기분 좋게 반응하는 것이다. 조용하고 편안한 분위기다.

차창 밖으로 수많은 산과 강물, 목초와 관목, 목장과 버려진 땅, 마징가제트 같이 생긴 전봇대와 늘어진 전선 줄, 그리고 양과 말, 드문드문 빨간 지붕의 집들이 지나간다. 아이슬란드가 눈앞에서 지나가고 있다.

셀포스에서 15분간 정차했다. 아내와 창밖 아이슬란드를 보면서 나머지 한 시간이 지났다. 아내가 아이슬란드의 깊은 인상을 말한다. 그러면서 곧 잊혀질 것 같다고 한다. 내 생각과 똑같다. 드디어 레이캬비크에 도착했다. 오늘의 프로젝트를 마쳤다.

집에서 잘 차려 먹는 저녁식사가 우리를 행복하게 해주었다. 밤에 우당탕 소리가 나서 깨었다. 아내가 화산폭발이 아닌가 묻는다. 축포를 터뜨리는 것이었다. 불꽃놀이다. 알고 보니 오늘이 레이캬비크 탄생기념일이란다. 우리 숙소에서는 창문 방향이 달라서 잘 보이지 않는다. 나가보고 싶었으나 너무 피곤해서 참았다. 서울은 탄생기념일 행사가 없는데, 여기는 다르다. 여하튼 우리가 머무는 이 날이 특별한 기념일이라니 나쁘지 않다.

오늘의 걷기: 20,590 걸음

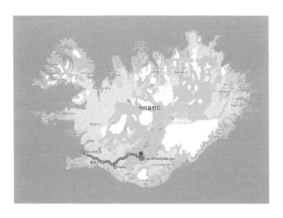

저널 55

레이캬비크의 하루
(8월 20일)

레이캬비크를 편히 관광하는 날이다. 그러기 위해 오늘 오후로 예정된 블루라군 예약을 취소했다. 블루라군에는 버스를 타고 갔다가 와야 하는데, 일정이 너무 빠듯할 것 같았다. 사실 밤새 끙끙거렸다. 온몸을 두들겨 맞은 것처럼 아프다. 아내도 그렇다고 한다. 어제 트레킹의 후유증이다. 다행히 아침에 좀 나아졌지만 무리하지 않는 게 좋겠다. 오전에 집에서 쉬면서, 오늘 가볼 곳을 대략 아래와 같이 정하였다.

- 할그림스교회(Hallgrimskirkja) 전망대, 라우가뷔구르(Laugavegur) 거리, 레인보우스트리트
- 선 보이저(The Sun Voyager), 해안 산책로, 하르파, 올드하버
- 아이슬란드국립박물관, 그리스도대성당(Landakotskirkja)

11시 조금 넘어 집을 나섰다. 에어비앤비 숙소가 우리집 같다. 곧바로 할그림스키르캬 전망대로 갔다. 예배 중이어서 닫혔다. 오른쪽 프라카스티구르(프랑스길, Frakkastigur)를 타고 선 보이저(Sun Voyager)가 있는 바닷가 쪽으로 내려갔다. 길이 예쁘다. 관광객을 위한 거리다. 길을 따라 내려가다 보니 라우가뷔구르(Laugavegur)가 나온다. 사람이 많다. 레이캬비크의 주요 쇼핑 및 음식점 거리로 알려져 있다. 라우가뷔구르의 오른쪽으로 조금 가봤다가 발걸음을 돌려서 왼쪽으로 걸었다. 왼쪽 길이 더 중심이 되는 거리다. 길 좌우 가게가 모두 이쁘다. 아내의 말처럼 캘리포니아 해안의 이쁜 소도시를 연상시키는 길이다. 노마드(nomad)라는 간판의 가게가 있어서 기념사진을 찍었다.

그중 한 기념품점에 들어갔다. 아이슬란드의 기념 물품들이 가득 진열되어 있다. 그렇지만 대부분 투박하다. 세련된 제품이 별로 눈에

[그림 55-1] & [그림 55-2] <레이캬비크 중심거리인 라우가뷔구르>

띄지 않는다. 왜 그럴까? 아마 자연 관광에 치중되어 있고 역사적인 건물이나 상징물이 많지 않아서가 아닐까 생각되었다. 그렇다고 해도 좀 더 괜찮은 기념품을 만들 필요가 있겠다. 기념품은 수익원이 되기도 하지만, 여행자에게 기념의 추억을 선물하는 것이니까 말이다. 어제 란드마나라우가르의 검은 바위 지대에서 보았던 흑색 돌조각을 팔고 있다. 돌의 결을 따라 깨어진 단면이 까맣고 매끄럽다. 내 마음에 드는 거로 하나를 골라서 샀다. 가격이 1500크로나다. 사실 절차는 이러했다. 먼저 내가 세 개를 골라서 아내가 추천하는 거로 선택해서 샀다. 수년 전 시칠리아 에트나 화산에서 샀던 돌이 지금도 집에 있다. 아내가 그 사실을 상기시켜 주며 웃는다. 소소한 즐거움이다.

다른 기념품 가게에도 들려서 바이킹 모자도 써보고 북극곰 모형 앞에서 사진도 찍었다. 마땅하게 살만한 적당한 가격의 물품이 없어서 마그넷 하나만 사고 나왔다. 나중에 공항에 가서 기념품을 더 사기로 했다. 라우가뷔구르에는 거리 조형물과 벽화와 이쁘게 장식하고 손님을 이끄는 가게와 식당이 늘어서 있다. 사람들이 즐겁게 산책하며 여행의 피로를 씻어내고 있다.

다시 프라카스티구르로 돌아와 바닷가 쪽으로 내려갔다. 선 보이저가 따가운 햇빛이 내리비치는 해안가에 덩그러니 있다. 큰 기대에 비해 외형이 약간 실망스러웠지만, 달리 생각해보면 이 나라에서는 의미가 큰 조형물이다. 선 보이저는 보트 모양의 철 구조물이다. 바이킹의 전통적인 배와 노를 표현한 것이다. 영화나 드라마에서 보던 바이킹 배의 모습 그대로다. 대(大)항해를 앞둔 바이킹의 배가 해안에 정박해있는 모양이다. 태양의 항해자라는 뜻의 선 보이저는 이 나라 국민의 진취적 도전 정신을 상징한다. 멋진 이름이다.

[그림 55-3] <선 보이저>

    1977년 이래 46년간 항해하면서 태양계를 벗어나 무한한 성간우주를 달리고 있는 보이저(Voyager) 1호, 2호가 생각난다. 무려 200억킬로미터가 넘는 머나먼 카이퍼벨트를 순항하고 있는 위대한 우주 항해자, 보이저호의 길고 긴 우주 탐험을 오래전 아이슬란드인의 대항해의 여정과 비교한다면 터무니없는 걸까. 어쨌든 7~8세기부터 바이킹들은 대담한 도전을 해왔다. 선 보이저는 어떻게 보면 큰 바다어류의 뼈 구조와 같아 보이기도 한다. 헤밍웨이의 노인과 바다의 큰 물고기, 청새치의 뼈를 연상시킨다. 그런 관점에서 보면 현실의 투쟁과 허망함을 보여주는 것이기도 하다. 어쨌든 바이킹들은 대서양과 북해의 너른 바다와 천년이 넘는 세월 동안 싸웠다.

    아이슬란드의 건축미를 자랑하는 하르파를 거쳐 올드하버까지 걸었다. 한가한 부두다. 아마 산업적으로 이용되는 다른 항구가 있는가 보다. 군함이 보인다. 공식적으로 군대가 없는 나라라는데 나토군이 왔나? 방위를 위해 어쨌든 군대가 필요하지 않을까 생각된다.

　부둣가를 좀 더 걷다가 할그림스키르캬 전망대로 가기 위해서 시내 쪽으로 올라왔다. 스콜라뵈르뒤스티구르(Skólavörðustígur)라는 거리로 올라갔다. 학교 거리라는 뜻이다. 바닥에 어린아이가 엄마와 등교하는 그림이 그려져 있다. 자동차가 다니지 못하는 길이다. 이 길을 걸어서 올라가다 보니 중간에 레인보우 길(Rainbow Street)이 나타났다. 이곳의 레인보우는 아이슬란드의 성 다양성에 대한 포용을 보여주는 것이다. 북유럽이 성 개방이 높은 데는 바이킹의 역사에서 삶의 방식과 연관되어 있다. 척박한 땅에서 성 개방은 인구 유지에 필요한 사회적 장치였을 것이다. 그리고 아이슬란드도 바이킹 역사를 공유하고 있는 북유럽의 일원이다. 이 사회의 성 평등과 성 다양성은 아마 이러한 역

[그림 55-4] <레인보우 스트리트>

사적 배경에서 공유되고 잘 정착된 새 시대의 가치관이 아닐까 싶다. 단순히 이들이 사회의식이 더 높아서 성 평등이 높다는 주장에 나는 선뜻 동의하지 않는다. 어쨌든 아이슬란드 곳곳에 레인보우 표식이나 깃발을 볼 수 있다. 아쿠레이리에서도 이쁜 레인보우 길이 있었다. 세이디스피요르뒤르에도 거리와 건물에서 레인보우가 자주 눈에 띄었다. 어찌

보면 레인보우의 나라다.

레인보우 길의 구간 내에 스트리트푸드점이 있어서 들어갔다. 스트리트푸드는 정식 레스토랑 음식이 아니라는 뜻인가 보다. 실내 2층에서도 먹을 수 있었지만, 이 거리의 정취를 즐기기 위해서 길가 쪽 야외 좌석을 잡았다. 바람이 불고 날씨가 쌀쌀하다. 춥게 느껴지는 정도인데, 서양인들은 괜찮은가 보다. 반팔옷을 입고도 전혀 개의치 않고 웃고 떠든다. 인당 2500크로나 정도의 간편 음식을 주문했는데, 어이가 없을 정도로 부실한 음식이 나왔다. 어쨌든 점심을 때웠다.

점심 후 할그림스키르캬 전망대에 올라갔다. 레이캬비크가 사방에 보인다. 사진에서 본 그대로다. 도시가 평평하고 단색 지붕의 집합으로 알록달록하게 보인다. 북유럽 도시의 모습이다. 더구나 북위 63도의 레이캬비크의 모습은 더더욱 단출하고 깨끗하다. 이 도시가 천백 년 정도나 되었다니 놀랍다. 국가가 제대로 형성되기 전부터 아이슬란드 노르만인의 근거지였다.

전망대를 내려와 국립박물관으로 향했다. 아내가 아이스크림을 먹고 싶다고 한다. 아까 먹은 점심이 짧던 탓이다. 나도 그런 형편이어서 뭔가 단 음식이 먹고 싶다. 국립박물관 쪽으로 계속 가면서 가게가 나타나면 들리기로 했다. 19분거리다. 좀 멀다. 그쪽으로 가다가 10분 후에 멈췄다. 결단을 내려 일정을 취소했다. 뮤지엄 가는 길이 주택가 쪽으로 뻗어있고 다시 돌아오는 길도 멀다. 너무 많이 걸어야 해서 체력 소모가 크겠다. 그리고 아이스크림 가게가 보일 기미가 없다. 아내에게 미안하다. 뭐 새삼 이 나라 역사를 알아보겠다고 이러는 건가. 더구나 뮤지엄에 가면 두어 시간 동안 서 있게 되는데, 오늘 몸 상태로는 여간한 일이 아니다. 나중에 책으로 공부하면 되는 것이다.

방향을 틀어 항구 쪽으로 되돌아갔다. 국립갤러리가 나왔다. 호숫가에 있는데 외형이 수수하다. 들어가 보고 싶었지만 참았다. 밖에서 사진 몇 장 찍고 해안가 하르파 쪽으로 걸었다. 가다가 아이스크림 가게를 발견하고 갈증을 풀었다. 살 것 같다. 이 길을 계속 가면 오늘의 마지막 방문지인 레이캬비크 대성당이 나온다. 오늘이 일요일이어서 대성당에서 주일미사를 보는 것이 우리의 마지막 미션이다.

미사 시간이 꽤 남아서 찻집을 찾았다. "Te & Caffi"라는 간판이 보여서 들어갔다. 7~80년대 팝송이 계속 흘러나온다. 친숙하다. 젊은이들이 이런 노래를 알까 하는 생각이 든다. 두 시간 정도 쉬었다. 한가한 시간을 보내니 몸이 이완되었다. 기분이 좋고 체력도 회복되었다.
이제 아이슬란드 여행의 마지막 방문지인 레이캬비크 대성당으로 간다. 성당 건물을 구경하고 저녁 6시 영어 미사에 참여할 계획이다.

대성당에 5시30분에 도착했다. 성당 건축이 수수한 듯 단아하고 멋지다. 회색빛 성당이 저녁시간의 햇빛으로 은은히 빛나고 있다. 우리의 마음을 편하게 해준다. 레이캬비크 대성당은 아이슬란드를 대표하는 건축가 구드욘 사무엘손의 4대 건축물 중 하나다. 사무엘손은 할그림스키르캬, 국립 아이슬란드 대학, 그리고 아쿠레이리의 아쿠레이랴르키르캬 등을 설계한 건축가다. 아이슬란드를 상징하는 화산의 색을 많이 담는 건축가라고 한다. 대성당도 화산의 색을 담고 있다.

[그림 55-5] <레이캬비크 대성당> 할그림스키르캬와 함께 아이슬란드의 상징인 화산의 색을 담고 있다.

성당 안에 들어가니 미사 전 로사리오 묵주기도 시간이다. 잠깐 들렀다가 바로 나왔다. 잔디 위에 축원의 벨이 있다. 여기에서 희망하는 바를 기도하고 타종하라고 안내판에 쓰여있다. 우리도 기도를 함께 하고서, 아내와 교대로 타종을 했다. 마침 성당 종이 크게 울리기 시작해서 맘껏 타종할 수 있었다.

주일미사에 필리핀계 신자가 많다. 봉사자도, 독서자도 필리핀계 사람이 하고 있다. 프랑스 루르드 성지에서도 아시아인은 대부분 필리핀계 사람들이었다. 필리핀은 가톨릭의 나라다. 그리고 여러 나라에 필리핀 이주자들이 있다. 주로 노동자로 온 것이다. 일종의 필리핀 디아스포라라고 할 수 있겠다. 이 사람들이 신교가 중심인 아이슬란드에서 가톨릭의 버팀목이 되어 주고 있는 것을 알게 되었다.

두 명의 사제가 집전하고, 여러 명이 보좌하면서 미사가 진행되었다. 필리핀계 아시안뿐 아니라 여러 나라에서 온 여행자들이 참여했다. 편안했다. 여행을 무사히 마칠 수 있음에 감사하는 기도를 드렸다. 우리의 마지막 일정을 주일미사로 마치게 되어 참 다행이다. 아내도 이에 행복한 마음을 보인다.

내일 새벽에 아이슬란드를 떠난다. 꿈을 꾼 듯 지난 시간이 아련하다. 아이슬란드 전역을 순회하듯이 돌아다녔다. 이 나라에 대해서 사전지식이 많지 않았으나, 이제 어느 정도 느낌이 생겼다. 경험적 지식이라서 부정확할 수도 있지만 직접 보고 겪는 경험을 바탕으로 하는 지식과 이해는 깊이가 있다. 여행 경험의 내재화를 통해 이 나라에 대한 '감각적 지식'을 얻었다. 이제 아이슬란드는 내 인생 노트에 빼꼼히 적혀있다.

오늘의 걷기: 16,918 걸음
12일간의 걷기 총계: 158,356 걸음

아이슬란드에서 파리로
(8월 21일)

이른 아침 출발이다. 새벽 네시에 일어나서 샤워하고 짐 싸고 마지막 남은 쓰레기 정리하고, 다섯시에 나왔다. 숙소 집을 배경으로 인증 사진을 찍고, 집 근처 할그림스키르캬 배경으로도 재빠르게 사진을 찍었다.

버스터미널까지 새벽 공기를 마시며 짐을 끌고 갔다. 예약 버스가 이미 기다리고 있다. 뒤돌아보니 교회 건물이 높이 보인다. 할그림스키르캬는 등대와 같다. 높은 건축물이어서 어디서든 방향을 잡아준다. 그 바로 옆에 우리 숙소가 있다. 즐거운 나날이었다. 아쉬운 떠남이다.

버스에 사람이 꽉 찼다. 버스표를 예매하지 못하고 직접 온 일부 사람들은 탈 수가 없었다. 새벽부터 붐빈다. 공항 가는 길에 차창 밖 풍경이 좋다. 오는 길에 그다지 이쁘다고 생각하지 않았던 레이캬비크-케플라비크공항 길이 지금은 달라 보인다. 그때 왜 그런 생각이 들었는지 의문이다. 아내와 분석을 해봤다. 우선 우리가 지금 바라보는 바닷가 쪽 풍경이 더 좋다. 그러나 설명이 충분치 않다. 차창 반대편 쪽을 보니 역시 좋은 풍경이 있다. 그렇다면 지금의 풍광을 그때는 무감하게 잘 모르고 본 것이다. 아이슬란드의 자연이 주는 아름다움의 색깔을 잘 몰랐다. 이제 알고서 보니까 땅을 뒤덮은 옅은 흰색의 이끼도 눈에 들어온다. 그때는 공사장과 같은 거대한 자갈과 흙 동산만 보였다. 그저 황량했다. 이제 아이슬란드 땅의 황량함이 곧 아름다움이라는 것을 알게 되었다. 그렇다. 경험에 따른 감흥을 가지고 보는 것과 무감한 상태에서 보는 것이 다르다. 아내가 정들어서 그렇다고도 한다. 그것도 맞는 말이다.

케플랴비크 공항에 6시15분에 도착했다. 온라인 체크인 후 아침으로 준비한 빵을 꺼내서 먹었다. 생각보다 일정이 빡빡하다. 이른 아침인데도 검색대의 줄이 길다. 시간 소요가 많았다. 다행히 게이트에 딱 맞게 도착했다.

아듀, 아이슬란드! 대단한 여행이었다. 인생 최고의 여행지가 맞다.

아이슬란드에 대하여

아이슬란드 여행에서 이저저거 느낀 바대로 적어보았다.

물이 많다. 하천과 폭포의 나라다.

빙하의 땅이다.
이끼의 행성이다.
화산과 용암의 땅이다.
토양과 산의 색깔이 지구 일반과 다르다. 어디에도 없는 색깔이다.

외계와 같다. '우리 행성(지구, Our planet)'이 아닌 화성 또는 태양계 밖의 우주 행성의 모습이다. 그래서 경이롭다.

사람이 없다.
바이킹이 얼음의 땅(아이슬란드)이라고 숨겨놓은 땅이라서 그럴 수 있겠다.
양과 말이 많다. 방목된 양이 온 나라 구석구석에 점점이 박혀있다. 그리고 행복한 토종말이 있다.

인력이 부족해서, 신뢰의 (무인) 시스템이 운용되고 있다.
무뚝뚝한 인상과 달리 믿을만하다. 속임수가 없다.
세계에서 가장 안전한 나라로 알려져 있고, 실제 그렇다.
레인보우! 성적 다양성을 포용하고 자유롭다.

그리고 덧붙여, 풍부한 지열 난방으로 집안이 따뜻하다. 사는데 추운 지방 이라는 걱정을 할 필요가 없겠다. 겨울을 두려워할 필요가 없다.

몸과 마음의 힐링에 최적의 여행지다.

아이슬란드 여행 일지

8/9(수) 케플라비크공항 도착(18:35pm), 레이캬비크 〈Center Hotels Lauga-
vegur〉

8/10(목) 골든써클 [씽벨리어(Thingvellir), 게이시르(Geysir), 굴포스(Gullfoss)],
게리드분화구(Kerid Crater), 헬라(Hella) 인근 〈1A Guesthouse〉

8/11(금) 셀야란즈포스(Seljalandsfoss), 스코가포스(Skógafoss), 디르홀레이
(Dyrhólaey), 검은모래비치(Reynisfjara Beach), 비크(Vik), 〈Farmhouse
Lodge〉

8/12(토) 엘트뢴(Eldhraun), 피야라르글류푸르(Fjaðrárgljúfur), 스카프타펠
(Skaftafell) 빙하트레킹, 〈Nónhamar Cottages〉

8/13(일) 요쿨살롱(Jökullsárlón), 다이아몬드비치(Diamond Beach), 회픈(Höfn),
〈Stafafell Brekkai i Loin〉

8/14(월) 흐발네스(Hvalnes), 듀피보구르(Djupivogur),
세이디스피외르뒤르(Seyðisfjörður), 〈Seyðisfjörður Guesthouse〉

8/15(화) 데티포스(Dettifoss), 흐베리르(Hverir), 미바튼노천온천(Myvatn Nature
Bath), 〈Originalnorth Iceland〉

8/16(수) 크라플라(Krafla), 비티분화구(Viti Crater), 고다포스(Godafoss),
아쿠레이리(Akureyri), 〈K16 Apartment Guesthouse〉

8/17(목) 블뢴뒤오스(Blönduós), 스티키스홀무르(Stykkishólmur), 키르큐펠
(Kirkjufell), 〈에어비앤비 Anna Dora House〉

8/18(금) 그룬다르피요르뒤르(Grundarfjörður), 스나이펠스네스반도, 레이캬비
크 귀환, 렌터카 반납, 〈에어비앤비 Leifsgata 3박〉

8/19(토) 란드마나라우가르(Landmannalaugar), Reykjavik Excursion 버스투어,
브레니스타인살다 트레킹

8/20(일) 레이캬비크 관광, 대성당 주일미사

8/21(월) 케플라비크공항 출발 07:40am

아이슬란드 여행 경로

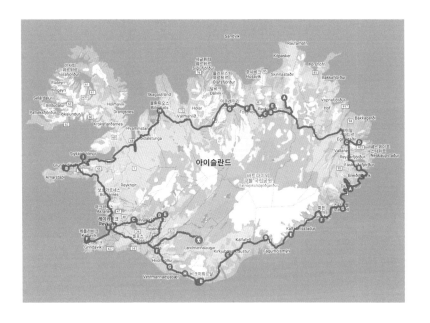

2부. 다시 파리로, 그리고 귀

아이슬란드 여행을 마치고 허브 도시인 파리에 귀환하였다. 이제 마라톤 여행이 끝나간다. 짧은 파리 체류 기간에 여행을 마감하며 저널을 쓰기로 한다. 일상의 나로 돌아가기 위한 준비의 시간이기도 하다.

저널 57

파리 귀환,
센강 산책
(8월 21일)

케플랴비크공항을 오전 7시40분에 출발하여 샤를드골공항에 13시 20분에 도착했다. 두시간의 시차를 감안하면 3시간40분 걸렸다. 아이슬란드가 꽤 먼 나라이다. 셍겐조약의 효력으로 입국이 간단했다. 이제 익숙하게 공항택시가 있는 곳으로 쓱쓱 찾아가서 곧바로 택시를 잡아탔다.

택시기사는 모로코 출신으로 이름은 아지즈라고 한다. 나와 짧게 나누는 대화가 프랑스 사람과는 다르다. 말투에 이민자 특유의 하소연과 자랑스러움이 섞여 있다. 미국 뉴욕에서도 택시기사 상당수가 이민자들이다. 파리도 그럴 거라고 생각된다. 아지즈가 프랑스에 모로코 사람 300만명이 살고 있다고 말했다. 믿기 어려운 숫자다. 검색해보니 대략 150만을 약간 상회한다. 반박하진 않았다. 어쨌든 엄청나게 많은 숫자다. 미국에 사는 한국 교민 190만명에 비견할 만한 정도다. 프랑스와 모로코가 역사적으로 어떤 관계인지를 실감할 수 있었다. 이 두 나라가 맞붙은 지난번 월드컵 4강전이 떠올랐으나 굳이 얘기를 꺼내진 않았다. 복잡한 마음을 자극할 필요가 없겠다 싶었기 때문이다.

아지즈는 50대 초반인데, 1997년에 파리에 와서 26년째 살고 있다고 한다. 자기 부친이 1970년대에 노동자로 와서 모로코의 가족을 부양했었는데, 자신은 모로코에서 고등학교 스포츠 코치교사(비정규 교사)로 있다가 파리로 와서 정착했다고 한다. 프랑스 언어는 숫자가 헷갈린다더니, 이 친구도 숫자 계산에 자꾸 오류가 있어서 처음에는 잘 못 알아들었다. 아들과 딸이 있으며 모두 성인이 되었다고 하는데, 아마 파리에 와서 결혼하고 정착한 듯하다. 우리의 직업과 여행에 대해서도 묻길래 얘기해주고 등등 재밌게 대화를 나누면서 파리로 들어왔다.

2박을 머물 숙소는 저가 호텔임에도 깨끗하고 쾌적하다. 여행 숙소는 대체로 가격에 따르지만 약간 운이 좋다고 느낄 때는 기분이 좋다. 간식거리 구매를 위해 호텔 바로 옆 식품점을 찾았다. 빵이 싸고 맛이 좋다. 오렌지 짜는 기계가 있어서 한 병 짜서 샀다. 3유로밖에 안한다. 아이슬란드에서 돌아와서 보니 새삼 먹을거리가 정말 많다고 느낀다. 그리고 싸고 맛있다. 프랑스인은 혜택받은 사람들이다.

호텔에 돌아와서 간식을 먹고, 짐을 맡겨놓은 이비스호텔에 갔다. 그때 우리를 도와줬던 관리자가 그대로 근무하고 있어서, 문제없이 무료로 잘 찾았다. 친절하고 매너가 좋은 사람이다. 기분이 좋다.

저녁으로 한식을 먹기 위해 시내로 갔다. 오랜만에 파리 지하철을 탔다. 고속철 M14가 여름 수선을 다 마치고 정상운행 중이다. 시내로 가기가 진짜 쉽다. 편리하다는 걸 새삼 느낀다. 지난번에 숙소를 산 넘고 물 건너 찾아가던 것에 비하면 하늘과 땅 만큼 차이가 크다. M14 생테밀리옹역에서 불과 9분 만에 네 정거장 다음의 피라미드역에서 내리면, 가르니에 오페라극장 근처에 모여있는 한식당 동네로 곧바로 걸어갈 수 있다. 이처럼 쉬운 걸 지난번에는 그 고생을 했다. [GATT]라는 한식당으로 들어갔다. 불고기와 김치찌개를 시켰다. 역시 여행 중 김치찌개는 최고다. 한국인의 입맛을 사로잡는다. 옆자리의 외국인들에게는 김치찌개가 어떨지 모르겠다. 한식이 점차 확산되는 추세이니 순전한 한국식 입맛을 이해하게 되면 그때쯤엔 김치찌개가 최고의 자리를 차지하지 않을까 상상해본다. 김치찌개는 가장 한국적인 맛의 음식이다.

가르니에 앞에서 시작하는 오페라가(Ave. de l'Opera)의 건물, 아파트먼트는 고급스러운 화려함을 완벽하게 보여준다. 유럽의 그 어느 도시의 거리도 이처럼 화려한 아름다움을 갖지 못했다. 식사 후에 오페라가를 산책했다. 그리고 그 끝에서 루브르광장을 통과하여 센강으로 갔다. 덜 알려진 카루셀다리(Pont du Carrousel)에 이르렀다. 이른 저녁 시간의 센강이 시원하다. 강바람이 오늘의 피로를 씻겨준다. 아내와 파리 귀환의 기쁨을 함께 나누며 셀카 사진도 찍고 센강을 바라보며 놀았다. 즐겁고 편안하다. 강렬한 경험을 준 아이슬란드의 자연에 의해 일순 잊혀 있었던 파리가 되살아났다.

센강변을 계속 걸었다. '아트의 다리'를 거쳐 퐁뇌프까지 왔다. 다리

[그림 57-1] <오페라 거리>

아래쪽 강변으로 내려가서 걷다가 젊은이들처럼 강둑에 앉아서 쉬었다. 아내와 여행 경험을 되새기며 시간을 보냈다. 유람선이 지날 때마다 강물이 출렁거려 발끝으로 오른다. 배에 사람이 꽉 찼다. 저녁 시간의 센강은 사람이 많다. 강변에 젊은이들이 그득하다. 활력이 넘친다. 물론 낭만이 가득하다. 퐁뇌프 다리 위로 올라가 다시 자리를 잡았다. 숙소로 돌아가려다가 아쉬워서다. 저녁 열시가 되자 에펠탑 야경이 밝아진다. 반짝거리는 에펠탑을 더 보다가 M14 귀갓길에 올랐다. 긴 하루였다. 졸음이 쏟아질 만하다. 다리가 부은 것 같다. 아내는 좀 더 그런 것 같다. 여행의 여흥을 안고 그대로 쓰러져 잤다.

오늘의 걷기: 16,098 걸음

저널 58

미테랑 도서관, 라데팡스, 개선문
(8월 22일)

늦게까지 침대에 누워서 뒹글며 쉬었다. 종아리가 단단해졌고 몸이 무겁다. 걷기를 줄여야 하는데 잘 안된다. 무릎보호대는 열심히 하고 있다. 그나마 심리적 안정을 준다. 아내도 몸이 천근만근이다. 그래도 아직껏 즐겁게 여행 중이다. 여행하며 이동하는 생활패턴이 익숙해졌다.

아침 겸 점심을 먹어야 한다. 어디로 갈까? 일단 생테밀리옹역으로 갔다. 역 입구에 있는 스타벅스에서 간편 점심으로 했다. 사람들은 익숙한 곳을 찾는다. 우리도 그렇다. 먹을 데가 많다 보니 오히려 이런 데로 와보게 된다. 어디든 먹을 만한 데가 있다. 아이슬란드보다 확실히 먹고 살기가 좋다.

역 근처라서 그런지 경찰군인들이 오간다. 많다. 7명으로 된 1개 분대의 무장 경찰이다. 어쩐지 으스스하다. 시위대에 대비하기 위한 걸까, 아니면 범죄 등에 대비하는 일상적인 순찰일까. 아마도 후자일 거 같다. 혹시 시위 가능성을 줄이려는 목적이라면 기선제압의 효과가 있을 것 같긴 하다. 아내에게 군에서의 분대(squad) 구조를 설명해주자, 이들 무리 속에서 곧바로 분대장을 집어내서 가리킨다. 잘 맞춘다.

호텔에 다시 들러서 재정비하고 나왔다. 나비고를 안 가지고 나왔다. 한참을 뒤져서 찾았다. 여행 짐이 뒤죽박죽이다. 생테밀리옹역에서 나비고로 메트로-존1·2 원데이 패스를 끊었다. 여기저기 되는대로 가볼 생각이다. 벌써 1시다. 우선 M14로 한 정거장 만에 갈 수 있는 미테랑 국립도서관으로 갔다.

프랑수아 미테랑에 대해서 몇몇 에피소드를 알고 있었지만, 그에게 훌륭한 업적이 있다는 걸 이번 여행에서 알게 되었다. 예전 기억으로는 특징적인 것만 남아있다. 내가 미테랑에 대해 지금 떠오르는 것은 몇 개뿐이다. 그가 사회당 집권을 처음 이루어냈으며 정책 시행에서 여러 갈등이 있었고, 한때 소수당으로서 자크 시라크의 우파 내각과 동거정부를 구성하기도 했다는 거다. 지금도 그가 처음 대통령에 당선되었을 때 놀랐던 기억이 선명하다. 1980년대 미국과 영국에서 우파 집권으로 신자유주의가 시작되던 시기에 프랑스는 오히려 좌파 정권으로 갔다. 자본주의의 주변국도 아니면서 말이다. 그리고 어쨌든 좌우 갈등 속에서 재선에 성공해서 14년간 대통령을 했다는 것이 내겐 경이로웠다. 재직 당시엔 인기가 별로 없었던 것 같지만, 후일 국민으로부터 꽤 존경받는 대통령으로 남게 되었다는 정도로 알고 있다. 그

이유는 몰랐었다. 그런데 문화예술 정책에서 큰 업적을 남겼다. EU통합 기여, 복지정책 등도 인정받고 있다지만, 프랑스의 문화적 자존감을 높이는 데 기여가 크다고 한다. 오페라의 대중화를 위해 오페라 바스티유를 지었으며, 세계 최대의 국립도서관(프랑수아 미테랑 도서관)을 지은 것도 그의 주요한 역사적 기여다. 라데팡스도 미테랑 시기에 만들어졌다고 한다.

직지심경(직지심체요결)의 전시가 끝났다고 한다. 일반전시가 아니고 두 달 동안 한시적으로 공개하는 전시회였다. 인터넷에서 직지심경이 50년 만에 수장고에서 나왔다는 기사를 보고 찾아왔는데, 벌써 전시가 끝났다니 아쉽기 짝이 없다. 금속활자본 고문서에 관한 한시적인 '특별' 전시회였다고 한다. 남의 나라 국보를 자기네 마음대로 하는 걸 보면서, 수많은 문화유적을 빼앗긴 식민지 나라 사람들은 어떤 마음일까 하는 생각이 들었다.

독일 마인츠에 있는 구텐베르크박물관에 가본 적이 있다. 당시 한 시간가량 중세시대 출판에 대한 설명을 듣고 금속활자본을 직접 찍어보는 경험도 했다. 참여자 중에서 직접 찍어보고 싶은 사람 나오라고 해서 내가 나갔었다. 그때도 우리나라 직지심경을 떠올리며 아쉬워했던 기억이 난다. 오늘도 아쉬움이 크다.

국립도서관을 엄청나게 크게 지었다. 네 개의 큰 도서관 건물이 정방형으로 넓게 자리 잡고 있다. 직접 세어보니 21층이다. 아래층을 합치면 22~23층이 되는 거 같다. 그리고 고층건물을 연결하는 회랑형식의 건물이 길게 사면으로 있으며 중앙에는 공원이 있다. 대단위 단지

[그림 58-1] <프랑수아 미테랑 도서관>

형식으로 조성된 국립도서관이다.

　도서관 지역이어서 젊은 학생들이 많다. 보기에 좋다. 도서관과 학생은 항상 잘 어울리는 조합이다. 오래 봐왔던 익숙한 광경이다. 도서관 내부 관람을 하고 싶었으나 일정상 생략했다. 입구 안쪽에 몇 군데만 슬쩍 돌아보고 싶었는데, 유료 입장이라고 한다. 다음에 여유 있을 때 와보기로 했다.

　라데팡스로 가보기로 했다. M14를 타고 가다가 샤틀레역에서 M1으로 갈아탄다. M1 노선의 종점 위치에 있다. 가다가 보니 M1 역명들이 눈에 뜬다. 프랭클린 D 루즈벨트역, 조지5세역, 드골장군역, 아르헨티나역 등이 있다. 이상해서 아내가 검색해봤다. 1·2차대전 때 프랑스를 도운 국가를 기리기 위한 것이란다. 영국왕의 이름을 딴 조지5세역이 흥미롭다. 조지5세는 1차대전 때 영국 국왕인데, 2차대전 때 도와준 윈스턴 처칠의 이름을 붙이지 않은 게 신기하다. 아니면 2차대전 때 영국 국왕인 조지6세를 역명으로 붙이던가. 여하튼 좀 어색하다. 미국의 루즈벨트 대통령은 2차대전 때 연합국 대표인데 말이다. 처칠의 공로를 부각 시키지 않으려는 의도가 있는 건 아닐까 하는 쓸데없는 생각도 해보게 된다. 음모론과 비슷한 생각을 한번 해봤다. 아르헨티나역이 있는 것도 흥미롭다. 전쟁에서 중립적인 국가이었는데, 왜 여기에 이름이 있을까?

라데팡스에 도착했다. 오래전부터 와보려 했으나 늘 우선순위에서 밀려서 와보지 못한 곳이다. 건축물이 다 멋있다. 현대 건축의 전시장이라고 할만하다. 사방으로 멋진 건물들이 들어서 있다. 멋진 고층건물이 많이 들어서 있는 여의도가 머릿속에 떠오른다. 라데팡스에 좀 더 현대적 건축미가 있는 건물이 많은 거 같다. 시원한 전망이 사방에 펼쳐져 있다. 멀리 에투알개선문이 보인다. 개선문에도 가보기로 했다. 그간 파리에 여러 날을 머

[그림 58-2] <라데팡스>

[그림 58-3] <라데팡스 앞 광장>

물면서 왜 아직껏 안 가봤는지 모르겠다.

휴가철이 끝나가는 시기임에도 에투알개선문에 사람이 많았다. 역시 인기 관광지다. 새삼 보니 웅장하다. 프랑스대혁명과 나폴레옹전쟁에서의 사망자들을 기리기 위한 목적으로 프랑스식 애국주의를 고취하기 위해 한껏 크게 지었다고 한다. 비슷한 목적으로 지어진 베를린의 브란덴부르크(개선)문에 비해서도 훨씬 웅장하다.

브란덴부르크문은 친근하다. 누구나 광장에 접근할 수 있고 콘서트도 열린다. 내가 베를린에 1년 있을 때 연말에 아내와 함께 브란덴부르크 광장에서 열린 송년공연에도 갔었다. 왁자지껄하게 진행되는, 모두가 춤추고 놀 수 있는 개방형 공연이었다. 공연 후에는 폭죽이 사방에서 터지는 다소 혼란스럽고 위험하기도 한 송년 행사였다. 베를린 사람들은 폭죽 터트리는 걸 좋아한다. 나중에 지인인 독일인 시니어 박사-교수에게 물어보니, 2차대전 후 지독히도 가난하던 시절에 어린 아이들이 장난감이 없어서 전쟁 때 여기저기 흩어져 남아있는 폭약을 털어내 뭉쳐서 터트리며 놀았다고 한다. 그 이후 이런 폭죽 터트리기가 일반적으로 허용되고 있다는 다소 의외의 설명을 들었다. 당시를 직접 경험한 그분만의 개인적 추정이 아닐까 생각되기도 한다.

에투알개선문은 파리의 중심이다. 모든 도로가 개선문을 중심으로 해서 방사형으로 뻗어있다. 유럽의 상징적인 중심지라고 할 수도 있겠다. 개선문을 멀리서 그리고 가까이서 보고 사진도 찍고 놀았다. 사진이 잘 나왔다. 개선문에 등을 기대고 앉아서 카톡의 내 사진을 개선문 배경으로 바꿨다. 그리고 "still travelling" 문구를 적어놓았다. 그럴

[그림 58-4] <에투알 개선문> 베를린의 브란덴부르크문보다 45년 뒤에 완공되었다.

다. 아직 여행 중이다.

개선문 전망대로 올라가는 통로에 줄이 길게 늘어서 있다. 예전에 이곳 전망대에서 사방을 돌아보는 파리의 경관이 너무 멋졌다. 늦은 오후의 비스듬한 햇살을 받아 개선문을 중심으로 방사형의 파리가 하얗게 펼쳐있어 장관이었다. 놀랍고 아름다운 도시 전경이 눈에 들어와서 감탄했었던 기억이 새록새록 떠오른다. 아쉽지만 오늘은 그냥 통과하기로 했다. 오후 햇볕이 뜨겁고 눈이 부신 시간대라서 전망이 그다지 좋지 않을 수 있다. 우리의 일정도 빠듯하다.

봉막쉐 백화점에 가는 거로 했다. 백화점 식품점에서 저녁도 먹고 쇼핑하기 위해서다. 오늘은 스타벅스에서 아침 겸 점심으로 샌드위치를 먹고서 아직껏 아무거도 못 먹었다. 배가 고프다. 서둘러 개선문을 떠났다. M1번 전철을 타고 가다가 M12번으로 갈아타기 위해 지하에서 이동하는데, 검사원 몇 명이 지하통로를 막고 불시 검사를 한다. 젊은 남자 한 명이 무임승차로 걸리는 소동이 일었다. 여행객으로 보이는데 정확하진 않다. 본의 아니게 하는 무전 탑승도 많을 거다. 나비고가 없으면 작은 역에서는 지하철 티켓을 사기가 어렵다. 모든 입구마다 티켓팅 기계가 설치되어 있지 않다. 사유를 잘 모르지만, 그 젊은이가 안타깝다.

백화점 건너 공원에서 저녁을 먹었다. 지난번엔 실내 빈 탁자에서 먹었는데, 오늘을 안된단다. 그 자리는 오후 세 시까지만 일본식 '벤토' 도시락을 먹는 곳이었다. 어쩔 수 없이 구입한 도시락과 먹거리를 들고 바로 옆 공원까지 걸어갔다. 공원 벤치에서 먹으면서 사람 구경하는 것도 나름 즐거웠다. 노마드 라이프가 실감이 난다. 밥 먹고 다시 백화점으로 가서 간단한 물품과 쿠키 몇 개를 샀다. 쇼핑은 특별할 게 없다. 물건을 사러 여행 다니는 게 아니기 때문이다.

오늘 일정이 끝났다. 우리의 여행도 끝났다. 내일 오전에 짐 정리하고 저녁 비행기로 귀국 예정이다.

오늘의 걷기: 16,563 걸음

저널 59

레뒤마고 다이닝 후
드골공항으로
(8월 23일)

오전에 짐을 쌌다. 긴 여행에 흐트러진 짐을 대충 정리해서 가방에 우겨서 넣었다. 그래도 시간이 좀 걸렸다. 호텔 로비에 짐을 맡기고, 레뒤마고(Les Deux Magots) 레스토랑으로 향하였다. 지난번 생제르맹데프레 숙소에 있을 때 가보려고 했던 곳이다. 이제야 여유가 생겼다.

복구된 M14를 타고 샤틀레역을 거쳐 M4를 타고 생제르맹데프레 역에 있는 레스토랑에 도착했다. 랭보, 헤밍웨이, 피카소, 사르트르 등 명사들의 레스토랑이다. 특히 실존주의 철학자들의 아지트가 되기도 했다니 대단하다. 그들과 함께 식사하는 것이다. 식당 안에 그들의 존재를 느낄만한 특별한 무언가가 눈에 띄지는 않았지만, 존경하는 이들과 역사적인 연결 끈이 있다는 거 자체로 뿌듯하다. 여하튼 기분 좋다.

그런데, 레뒤마고 문학상이란 게 있는 모양이다. 식탁 위에 레뒤마고상 90년이 되었다는 기념 문구를 적은 종이 매트가 놓여있다. 놀랍다. 매트에 쓰인 큰 숫자 안에 역대 수상자의 이름과 작품이 1933년 1회 수상부터 쭉 적혀있다. 이 레스토랑에서의 다이닝이 우리 여행을 마무리 해주는 이벤트가 될 만하다. 레뒤마고상은 비(非)정통 작가에게 주는 문학상이라고 한다. 재미있는 얘기다.

예상보다 음식이 맛있었다. 과거의 역사에 따른 명성만으로 손님이 오는 줄 알았는데, 레스토랑 음식 자체도 훌륭하다. 즐거운 다이닝이었다. 파리에서의 마지막 식사라서 이 집의 주요 메뉴를 주문했고, 그

[그림 59-1] <레스토랑 레뒤마고>

만큼 돈을 썼다. 팁 4유로를 포함해서 100유로를 흔쾌히 지급하고 나왔다. 나올 때 건네주는 작은 브로셔에 도쿄, 리야드, 상파울로에도 레스토랑이 있다고 소개되어 있다. 유구한 역사에 더하여, 이제는 세계화를 추구하는 프렌치 레스토랑이다.

[그림 59-2] <레뒤마고 문학상 90주년이 적힌 식당 매트> 레뒤마고 상이 이 식당의 영광이 되겠다.

길 건너 생제르맹수도원 교회에 들어갔다. 지난번에 왔을 때와 달리 지금은 일부 보수 중이다. 그래도 멋지다. 아이슬란드에서는 상상치 못할 건축미를 보여준다. 성전 내부는 약간 어두우면서도 화려하고 아름답

[그림 59-3] 생재르맹 수도원교회

다. 중세 천년의 에너지가 종교에 집중되었고 그 결과물이 프랑스의 성당들이다. 짧은 기도를 하고 그대로 앉아서 시간을 보냈다. 오늘은 해가 뜨거워서 밖을 산책할 수 없을 정도다. 마지막으로 인근에 있는 뤽상부르공원에 가서 산책하면 좋겠지만 그러지 않기로 했다. 앉아서 묵상하고, 아내와 중세 종교에 대해서 이런저런 얘기를 나누었다.

숙소에 돌아오는 길에 지하철에서 노부부에게 소녀와 엄마가 자리를 양보하는 것을 보았다. 노부부가 몇 정거장만 가면 된다고 수신호로 얘기하며 사양한다. 잠시 후에 건너편 다른 자리가 비었는데 그 앞의 젊은 처자가 또 할머니에게 앉으라고 양보한다. 할머니가 다시 사양한다. 이 나라에 예의가 살아있음을 볼 수 있었다.

생테밀리옹역에서 내려서 전자제품점 프낙에 들렀다. 약간의 시간 여유가 있어 내부 전시를 구경하려고 들어왔다. 가게를 둘러보니 삼성과 엘지의 전자 제품이 최고로 좋은 자리를 차지하고 있다. 두말할 나위 없이 기분 좋다. 국가 위상을 높이고 있는 이들이 고맙다.

호텔에서 짐 찾고 잠시 기다리니 공항에 가는 택시가 왔다. 그저께 우리를 공항에서 데려다준 모로코 출신 아지즈한테 오늘 우리를 픽업해 달라고 했는데, 제시간에 잘 와주었다. 반갑게 인사를 나누고 공항으로 달렸다. 이제 집에 간다. 차창 밖을 보며 여행을 회상하다가 아지즈와 얘기를 나누고 하다 보니 금방 공항에 도착했다. 앞으로 파리에 오게 되면 무조건 자기한테 연락해야 한단다. 욕심이 있고 재밌는 사람이다.

샤를드골 공항은 붐빈다. 유럽 허브 공항답다. 오래 걸렸다. 게이트에 도착하는데 한시간반이나 소요됐다. 일찍 오길 잘했다. 여행 일정에 스트레스를 받지 않는 최우선은 비행기 탑승을 여유롭게 하는 것이다. 일찍 왔음에도 불구하고 시간이 많이 남지 않아서 공항 내 이동 중에 잠시 걱정했다. 탑승구까지 예상보다 훨씬 멀었기 때문이다.

공항에서 대기 시간이 다시 길어졌다. 40분 지연된다더니, 또 20분 추가지연이 방송에 나온다. 화장실에 들러서 얼굴을 보니 덥수룩하다. 여행에 얼굴이 타고 지치기도 했겠지만, 면도를 열흘째 못해서 더 그렇다. 집에 가면 얼른 면도하고 지친 몸을 푹 터브에 담가야겠다. 생각만으로 피로가 풀린다. 다시 기운을 냈다.

이제 곧 비행기에 몸을 싣는다. 무사히 여행을 마친 데 크나큰 감사의 마음이 인다. 아내의 손을 꼭 잡았다.

오늘의 걷기: 11,127 걸음

귀국
(8월 24일)

이코노미 증후군으로 힘들었다. 13시간을 비행하니 고생이 이만저만 아니었다. 게다가 감기 기운이 있어서 컨디션도 나빴다. 비행기 탑승할 때부터 몸 상태가 좋지 않더니 탑승 중에 줄곧 춥고 아팠다. 탑승 옷가지를 충분히 챙기지 못해서 더 고생했다.

신작 영화 섹션에서 영화 [65]를 보고 나서 곧 잠을 청했다. 이 영화는 '65'백만년전 백악기에 있었던 공룡멸종의 소행성충돌 대사건이 일어나기 직전 며칠을 배경으로 하고 있다. 그때 타 우주의 인류가 우주선을 타고 지구에 불시착했었다는 기발한 아이디어의 우주 SF 영화이다. 영화를 다 보고서 자다 깨다 하면서 몸에 스며드는 한기를 이겨냈다. 마침 아내가 입지 않는 겉옷이 있다길래 짐 가방 속에서 꺼내 입으니 좀 괜찮아졌다.

집에 와서 꼬박 하루 동안 지독한 몸살을 앓았다. 여독이 그렇게 빠졌다. 정신을 차리고 면도를 했다. 덥수룩함이 가셨다. 거울 속의 내가 생소하지만 그래도 맘에 든다. 여행을 성공적으로 마친 자이기 때문이다.

여행 중 내가 변한 것이 많다. 요약하면 다음과 같다.

몸이 건강해졌다.
활동성이 높아졌다.
움츠러든 마음을 펼쳤다.
나의 시공간이 확장되었다.

즐거움이 생겼다.
인생의 몰입도가 높아졌다. (무기력증이 사라졌다)
부부 사이의 거리가 더 좁혀졌다.
아이들에 대한 걱정에서 다소 여유로워졌다.
그리고 인생에 활력(Vitality)이 재충전 되었다.

내 삶을 다시 시작하는 기분이다. 무언가 달라졌다.

오늘의 걷기: 4,849 걸음
4일간의 걷기 총계: 48,637 걸음
59일간의 걷기 총계: 782,247 걸음

며칠간 계속 꿈을 꿨다. 아이슬란드인 듯, 모르는 세상인 듯한 낯선 해안가를 걷기도 하고, 프랑스 어느 이름 모를 사원(성당)에 앉아있기도 한다. 알프스 어느 산자락을 무작정 걷고 있는 내가 보이기도 한다.

시간이 주름진 것 같다. 두 달 전 집에서의 생활방식이 잘 기억나지 않는다. 커피 끓이는 도구도 생소하다. 면도기를 어디에 두던지 생각나지 않는다. 아내도 마찬가지다. 심지어 냄비가 어디에 있는지 생각나지 않는다고 한다. 희한한 경험이다. 우리는 둘 다 일시 홈리스가 되었다. 여행의 몰입이 익숙한 것들을 잊게 했다.

어느 순간 일부 기억이 돌아오더니, 서서히 연쇄적으로 모든 집기와 옷가지들의 위치가 떠올랐다. 어디에 어떤 겉옷이 있는지, 어디에 양말이 있는지도 알게 되었다. 내 집의 익숙함이 돌아왔다. 현실이 기억의 장소에 자리를 잡았다. 이로써 여행의 여행에서 내려왔다. 현실로 돌아온 것이다.

아래 내용은 내가 여행을 떠나기 전에 기록해놓은 것이다.

여행의 목적
- 비우고 채우는 여행
- 퇴임 후 일상으로부터 탈출

내가 이번 여행에서,
비우고 버릴 것: 아이들과의 갈등과 걱정, 아내와의 남은 거리, 나에 대한 성취와 인정의 갈망, 그리고 삶에 대한 습관적 의미 부여
채울 것: 즐거움, 사랑, 단순함, 자유로움, 그리고 에너지와 의지력

나에게 여행이란 전환점이다. 새로운 기점이다. 보고 듣고 느끼고, 그리고 즐기는 것이다. 단순함을 찾는 것이다. 호기심을 충족하는 것이다. 역사, 문물, 인간, 자연에 대한 호기심을 채우는 것이 여행의 목적이다. 여행의 바쁜 일정이 곧 내게는 휴식이다. 휴양지에서 쉬는 것은 내겐 여행이 아니다. 호기심을 채우고 만족하며 새 삶의 끈을 다시 매는 것이 나에게겐 여행의 목적이자 가치이다.

이번 여행을 통해 새로운 길을 가자.

나는 얼마나 변했는가?

희로애락의 순환에 인생이 있다. 우리는 기뻐하고 슬퍼하고 분노하고 행복해 한다. 나의 인생은 더 그러하였다. 돌아보니 희로애락이 너

무 컸다. 휘둘렸고 아팠고 허망했다. 기뻤고 즐거웠고 보람이 있었고 자랑스러웠다. 다시 아팠고 쓰러졌다. 이에서 해방되기 어렵다. 죽기 전까지 우리는 희로애락 속에 산다. 단지 엷어질 따름이다. 초연함의 슬픔이다.

여행은 이를 이겨내는 길이다. 자연과 교감하고, 경외하고, 그리고 그 생명의 힘을 내게 받아들인다. 역사를 마주하고 세상을 다시 보게 된다. 그리고 나의 인식의 세계를 확장한다. 그리고 나를 다시 규정한다. 지금 내가 서서 있는 곳을 자각하고, 새로운 길로 나아간다. 다시 출발하는 것이다.

귀국 후에 한 달 동안 여행 앓이를 했다. 내 생애 가장 강렬한 여행을 한 후유증이다. 많은 여행을 다녔지만 이처럼 밀도 있게 여행을 다닌 적이 없다.

이번 여행의 저널은 기록에 충실한 자기고백서 형식이다. 보고 느낀 대로 가감이 없이 쓰고자 애썼다. 여러 이유로 민감한(keen) 상태가 된 최근의 내 자신을 그대로 열어두었다. 그러다 보니 많은 생각이 일었고 많은 현상이 보였다. 내 과거의 경험과 인식이 호출되었다. 그리고 과거의 나와 현재의 내가 서로 대화하고 미래의 나를 찾아보는 시간 여행을 했다. 동시에 내가 집착하고 있는 모든 것으로부터 자유를 얻는 시간이었다.